31/1/2024

Manfred Maurenbrecher

Grünmantel

Roman

edition q im
be.bra verlag

Bibliografische Information der Deutschen Bibliothek
Die Deutsche Bibliothek verzeichnet diese Publikation in der Deutschen Nationalbibliografie; detaillierte bibliografische Daten sind im Internet über http://dnb.d-nb.de abrufbar.

KulturBrauerei Haus 2
Schönhauser Allee 37, 10435 Berlin
post@bebraverlag.de
Lektorat: Ingrid Kirschey-Feix, Berlin
Umschlag: Manja Hellpap (Foto: Johannes Eber)
Satz: ZeroSoft
Schrift: Cambria 10.5/13 pt
Druck und Bindung: Friedrich Pustet, Regensburg
ISBN 978-3-86124-725-8

www.bebraverlag.de

Für Raoulina

Eine Übersicht der Personen befindet sich auf Seite 221.

1.

Wie der Mann stotterte, das tat ihr wohl.

»D-d-dann hält dett an de-de Va de Va ...«

Sie versuchte wegzuschauen, solange er festhing. Und schaute doch nur heftiger hin.

»... -schaalung, Va-schaalung ...«

Er räusperte sich zufrieden. So leicht wurde er dieses Wort sonst nie los.

Sie dagegen hätte eigentlich gern noch ein bisschen gefachsimpelt über Außenklinker, Trockenkies oder Stützplatten – aber mit ihm hier war das wohl nicht zu machen.

Er rieb sich die Hände, dann schoss er umständlich ein Foto mit seinem Smartphone.

»S-so, hab hab dann alles. Den K-k-ko ...«

»Kostenvoranschlag?«

Er nickte dankbar.

»Den mailen Sie mir einfach zu«, schlug sie vor.

Er nickte heftiger.

»Aber möglichst bald«, mahnte sie.

Zara fand ja, dass diese Männer, die kamen und sich das feuchte Haus samt blühendem Garten besahen und mit den Händen dann Ansichten von Stufen, Mäuerchen und neuen Wegen entwarfen, frische Flächen aus verschiedenstem Material dazuerfanden, dass die, so kraftvoll sich ihre Phantasien auch ausbreiteten, mit der Umsetzung dieser Bilder in Zahlen oft heillos überfordert waren. Die Begeisterung wich zerfurchten Stirnen, ein Achselzucken blieb übrig. Der Gewächshausspezialist hatte sich gar nicht mehr gemeldet. Die beiden leichtfüßigen Maurer, für die alles »keen Ding«

gewesen war, sogar der Schwamm an der Küchenmauer nicht, hatten noch einmal übers Telefon etwas nachgefragt – dann Sendepause.

Drei Wochen war das jetzt her. Wollten die nichts verdienen?

Oder lag es an ihr?

Zara Mengeleng hatte mit dem Erwerb des alten Hauses am Dorfrand ihre finanziellen Mittel so gut wie ausgeschöpft. Vielleicht merkte man ihr das an. Und natürlich blieb sie die Zugereiste, die aus der Stadt – auch wenn sie den Ort hier kaum mehr verließ.

Und schon manchmal hatte sie als schmerzlich empfunden, dass Menschen sich von ihr abgestoßen fühlten – gerade, wenn sie insgeheim um sie warb.

Sie studierte die Kataloge gründlich, die die Handwerker mitbrachten. Aufmerksamer konnte man sich in den Unterschied zwischen Betonstein und lasiertem Holz, zwischen versiegeltem Untergrund und Lehmboden doch gar nicht vertiefen. Frage und Antwort, Pläne und Einschränkungen. Sie wurde gern zur Schülerin dieser Fachmänner, aber genauso liebte sie es, im nächsten Moment wieder zurückzuschalten und die Auftraggeberin zu spielen, die sie ja auch war.

Am liebsten hätte sie allerdings sofort mit losgelegt, gar nicht erst groß verhandeln, in die Hände gespuckt und dann buddeln und umbauen. Vielleicht war es das. Sie spürten die Absicht und zogen sich zurück.

»N-n-ne-chste W-wo ...«

»Nächste Woche, ist gut.« Jetzt nickte sie.

Mit dem würde es keinen Spaß machen.

2.

Die beiden schnitten seit einer Weile den Drahtzaun auf. Ein junger Schmaler mit Kappe und ein Dicker, wendig und klein in Monteurshose. Sie hatten Mopeds dabei, die man eigentlich hier gar nicht fahren durfte. Die Stromzufuhr in den Zaun hatten sie gekappt. Jeder Handgriff saß, und so fix waren sie vorgegangen, dass die wertvolle Wildpferdfamilie, die auf der Koppel weit hinten im Schatten von Krüppelkiefern lagerte, noch gar nicht recht darauf aufmerksam geworden war. Schon befand sich dieses stattliche Loch im Zaun und lockte die Tiere zur Erkundung der Restwelt an.

Zara hatte zugeschaut und allmählich aufgehört, dabei Holunderblüten zu pflücken. Sie hatte ihr Rad noch mehr ins Schilf geschoben und gehofft, jetzt wäre sie unsichtbar. Nicht mal geraucht hatte sie. Sabotage im Nationalpark, das war mal was. Sie vermutete eine Abordnung der Agrargenossenschaft am Werk. Schließlich hatten die Bauern Weideflächen abgeben müssen für den Nationalpark und seinen Verein, irgendwie hatte es Streit deswegen gegeben, die Erbitterung wuchs, sie hatte davon gehört.

Es war nicht gut, hier jetzt aufzufallen. Gerade als sie das dachte, musste sie husten. Der Junge fuhr herum. Erstaunlicherweise sah er sie nicht. Sein Kollege ging sogar einen Schritt auf das Gebüsch zu, in dem Zara stand, doch fand auch er nichts Verdächtiges. Sahen die einfach durch sie hindurch?

Dann meldete sich das Handy des Dicken: *Atemlos durch die Nacht* – die ersten Takte. »Ja?« rief er in dem knappen märkischen Ton, der eigentlich fragt: Muss das sein? Dann änderten sich Tonlage und Körperhaltung. Ein bisschen galante Steifheit trat hinzu, ein bisschen schob er auch jemanden weg, zu dem er trotzdem freundlich sein wollte: »Nee, keen Problem. Wennde meinst … ja, jetz is offen, aber klar, wenn't so sein soll, dann machn ma wieda, wieda zu, wa – nee, keene Sache …«

Der Schmale zeigte empört auf den sorgfältig aufgerissenen Zaun, knallte sich die Hand vor die Stirn und rief: »Ohne mich!«

Der Dicke zuckte die Achseln: »Na komm, is'n Auftrag, so oder so.«

Zara hatte plötzlich das Gefühl, dass der Anruf von einer Frau kam. Ganz ohne Widerspruch zu ernten hätte kein Mann, kein Boss eine solche Kehrtwendung anweisen können. Gegenüber dem Schmalen gelang es auch nicht, der schwang sich aufs Moped und ließ grußlos den ersten Gang heulen, so dass Vögel aufflatterten und die Pferdefamilie weit weg endlich die edlen Köpfe hob. Mit dem Zeigefinger tippte er sich an die Stirn, als er im Stehen wegbrauste. »Ohne mich!«, rief er noch mal.

Der kleine Dicke aber baute die Latten ab, flocht ruhig die Enden der Zaundrähte wieder zusammen und seufzte dabei. Zara wusste jetzt, dass er sie längst bemerkt hatte. Sie war sein Publikum. Das Klicken des Feuerzeugs ließ ihn grinsen.

»Man sagt ja, jede Arbeit ist besser als keine«, brummte er in ihre Richtung.

Sie zögerte, räusperte sich.

»Rauchpause?«, fragte sie dann und schob die Zigarettenschachtel vorsichtig durch das Gebüsch.

Der Dicke besah sich die Hand und die Marke, polnisch.

»Eigentlich schon sieben Jahre«, sagte er dann, »Rauchpause nämlich. Aber bei dem Angebot …« Er grinste immer noch.

»Und Sie machen jetzt alles wieder dicht?«, fragte Zara.

»Na logisch, sonst würden sich nachher die Pferdchen ja vergaloppieren«, zwinkerte er.

»Verstehe.«

»Det gloob ick allerdings kaum.«

Er hatte sich eine Zigarette genommen. Zara verließ das Gebüsch und hielt ihm die Glut ihrer fast gerauchten zum Anzünden hin. Sie überragte ihn um Kopfeslänge.

»Aber muss man ooch jar nich«, sagte er dann sehr deutlich, nahm einen tiefen Zug und wiederholte: »Muss man besser auch nicht.«

»Soll ich besser nicht nachfragen?«, nahm sie den Faden auf, »reden Sie deshalb grad hochdeutsch mit mir?«

Er zuckte wieder die Achseln. Verstaute sein Werkzeug. So schnell war er fertig geworden.

»Sie wohnen doch drüben am Graben«, fing er in einem anderen, gefälligeren Tonfall neu an und schaute etwas listig zu ihr hoch, »im Haus von Melchow, wenn ick nich' irre …!?«

Sie nickte schnell. Dankbar, wenn jemand von den Alteingesessenen immerhin von ihr wusste.

Dann schaute sie zu ihm runter und ergänzte trocken: »Seit sieben Sommern. In dem Haus, das immer noch ›das von Melchow‹ genannt wird.«

»Es hat länger gebraucht, um die Bruchbude draus zu machen, in die Sie eingezogen sind«, grinste der kleine Alte, »und die Sie, 'tschuldigung, ja bestimmt mal wieder in Stand setzen werden. Außerdem«, lachte er, »das neue Jahrtausend legt ja ooch grad erst los, an 'nem Jahrtausend gemessen!« Er griff sich sein Moped, fing an, es zu schieben und lud sie mit einem Hüftschwung dazu ein, mitzulaufen.

Er wirkte jetzt wie ein fröhlicher Troll auf dem Heimweg.

»Ihre Chefin kann aber stolz auf Sie sein«, knurrte Zara halblaut und mehr an das Gebüsch gerichtet, aus dem sie ihr Fahrrad zerrte. Ihr war der Satz so gekommen und unvorsichtig gleich von der Zunge gerollt.

Der Dicke stellte sein Moped wieder ab, half ihr das Rad aufzurichten und schaute sie dabei erstaunt von der Seite an. »Chefin? Respekt.«

An der nächsten Biegung nahm er kurz ihren Arm und wies zurück auf das notdürftig geflickte Loch: »Wenn die Herrschaften jetzt wollten, dann könnten sie ja trotzdem da raus. Wenn ihnen denn danach wäre – dem königlichen Urviecherverband! Aber der alte Kubrik könnte da dann wirklich nichts mehr dafür.«

Der alte Kubrik. Den Namen kannte sie. Der hatte bei irgendeinem Museumsfest eine Rede gehalten, jetzt fiel es ihr wieder ein. Sie sagte: »Urviecherverband. Na, das klingt ja.«

3.

Auf den sandbraunen Bodenkacheln schwamm Wasser, wie immer, wenn Ibo mit sich selber Großreine machte. Abseifen, Haare waschen, Nachduschen, Eincremen und Rasieren – die ganze Prozedur, in deren nassem Verlauf er irgendwann das Zeitgefühl zu verlieren pflegte und erst wiedererlangte, wenn der feuchte Nebel wich. Wie blind tastete er gewöhnlich lange nach Dingen wie Geltuben oder Seifen. Kein Duschvorhang, keine Trockentücher. Von überall schwemmten Tropfen heran und rannen die Wände hinab, man glitt aus, wenn man nicht höllisch aufpasste. Kein Fenster im Bad, die Deckenfarbe schälte sich, seit er hier eingezogen war, das musste jetzt – er rechnete kurz nach – zwei Jahre, fünf Monate, ein paar Zerquetschte her sein.

Für den Übergang, hatte er damals gedacht, nur für den Übergang. Deshalb waren die Zimmer auch so geblieben, wie sie das junge Paar hinterließ, das damals Hals über Kopf nach Berlin gezogen war und von dem er das Haus übernommen hatte. Samt Garage, Schuppen und Wiese.

Er hatte eigentlich bloß mal feststellen wollen, wie es sich so allein und weit draußen wohl lebte.

War kleben geblieben. Nach dem Fiasko.

Beinah, jetzt wäre er beinah noch ausgeglitscht! Kein Handtuch. Er holperte nackt und tropfend zur Waschmaschine und dann sich rubbelnd weiter in den Raum, den er das Wohnzimmer nannte und der stockfinster war. Die Rollos runter bis über Mittag, so hielt er es.

Schon halb getrocknet goss er Wasser in die Maschine, knickte ein Filterpapier, füllte Kaffeepulver ein, ging dann mit dem Zimtstreuer drüber und ließ den Anschalter klicken. Er konnte sich die Tage gut so vertreiben, nicht mit Zurückdenken, sondern: Es geht voran. Und wenn alle meinten, der ist jetzt am Ende, Meister Ibo John in seiner Datsche, dann konnte er ganz vergnügt in der Dunkelheit hocken und die Geräusche da draußen belauschen.

Wie jetzt, während der Duft des entstehenden Nervengifts ihn mit Vorfreude füllte.

Er ließ sich so selten blicken, dass sie ihm die Benachrichtigungen an die Haustürklinke hängten. Manche grüßten verhalten, wenn er durch das Dorf schlich, andere schauten weg, ein paar wenige waren freundlich. Das Verständnis für jemanden, der Brücken hinter sich abbrach, war hier noch nicht ganz so verkümmert.

Und ein paar registrierten auch, dass er mal in der Öffentlichkeit herumgekreist war, in der Lokalzeitung hatte ein Bericht gestanden. Und ein anderes Mal, als er Bierkästen in den Panda wuchtete am Getränkemarkt, hatte ihn eine Dame angesprochen: Ob er denn der sei, den sie meine. Er hatte genickt, leider geschmeichelt. Ob er sich vorstellen könnte, im Ortsmuseum einen Abend mit seinen Texten zu bestreiten? Er konnte. Wie bald? Sie hätten nämlich einen Kulturverein gegründet, und die Idee sei gekommen, er könne doch dessen Tätigkeit quasi eröffnen. »Ein Ortskünstler sozusagen«, wie die Dame verlegen kicherte und sich dann vorstellte: »Kubrik. Wir wohnen hinterm Anger, wenn Sie wissen, wo das ist.«

Das wusste er nicht. Seine Zustimmung zu dem Vorhaben, mit einer vollen Bierkiste im Arm an den offenen Kofferraum gelehnt, gab er aber so eilfertig und prompt, dass die Dame gleich einschränkte: »Wir müssen das natürlich noch abstimmen, ich entscheide ja nicht allein …« Dabei wand sie ihm geschickt den Kasten aus den Händen und stellte ihn vorsichtig im Auto ab.

Seither hatte er nichts von der Sache gehört, zwei Monate war das her. Wenigstens hatte es keine andere Eröffnungsveranstaltung gegeben – lächerlich zwar, aber das beruhigte ihn.

Eilfertig und prompt. So war er. Gerade eben balancierte er ein Schlückchen H-Milch aus einer vollen Packung in seine breite Kaffeetasse, natürlich schwappten Tropfen über den Rand. Deswegen war er weg aus Berlin, weg von allem, wegen Eilfertigkeit und Promptheit. Maßlose Bereitschaft, bei Aufträgen hier und jetzt zu schreien und nachher zuverlässig und prompt abzuliefern. Beides hatte ihn so in die Knie gezwungen, dass er hockend wie blind vorangestürmt war. Eh das Fiasko kam. Blind wie beim Duschen in seinem Bad. Um ja nicht an gestern Nacht denken zu müssen, zum Beispiel.

Er griff sich Shorts und T-Shirt, mehr würde er heute nicht brauchen auf seiner Wiese. Zauberhafter Sommertag vermutlich. Der heiße Kaffee machte ihn zusätzlich glücklich. Er musste daran denken, wie nah beieinander es lag, Schönes und Schreckliches. Manchmal war er blind für den Unterschied zwischen beidem, und diese Blindheit könnte es ihm heute ermöglichen, gedankenfrei in den Tag zu schweben, während sie ihn damals hinterrücks niedergestreckt hatte. In den Tagen seiner Schande. Er hatte ein Exposé abzugeben gehabt für eine Fluchtserie im Vorabendprogramm, *Straßen ins Nirgendwo*, Planungsphase, er im Team mit fünf anderen, es galt einen Haufen Geld abzugreifen, seine Aufgabe die psychologische Skizzierung der männlichen Hauptfigur – ja, er sei vorangekommen, voll dabei, doch doch, fast durch, so seine Telefonate und SMSse ans Team. Stattdessen dachte er sich Spottlieder aus, trank Whisky und Rotwein, floh, flog für zwei Tage nach Pressburg, immer in bester Laune, übermütig. Ja, treffen wir uns, letzter Feinschliff noch, ich mail's dann schon mal, in vier Stunden Deadline? ... okay.

Er wird nie die Gesichter vergessen, die Augen, die unterschiedlichen Blicke.

Das weißgetünchte Großraumbüro mit den Modern-Art-Repliken, langer Arbeitstisch nach Bauhausart, sechzehn Holz-Leder-Stahl-Wippstühlchen, acht an jeder Seite, ein Sessel an der Front für die Generalin, siebzehn Plastikfläschchen mit kohlensäurefreiem Wasser. Tassen für Kaffee oder Tee, aber die anregenden Getränke durften immer erst nach Aufforderung der Generalin gereicht werden.

Diese Dame, die Kulturchefin des federführenden Senders, gebot über einen gewaltigen Fundus an Schreibern und Autorinnen. Sie führte ein Regiment mit strengsten Regeln: Ein schludriges Treatment und man war weg.

Als die Reihe an ihn kam, der nichts herumgeschickt, ausgedruckt oder sonstwie vervielfältigt hatte, verlas er nur diesen einen Satz, der sich ihm bei den

Reden der anderen aus dem Kopf gewunden hatte: »Hauptfigur steigt ins Auto und sagt: Wird schon werden.«

Er war gleichzeitig ganz am Boden und voll gut drauf. Eine Minisekunde lang dachte er sogar: Vielleicht gefällt es ihnen. Aber er hatte ja Augen im Kopf. Erhob sich nach dem Satz, verbeugte sich, nahm sein Täschchen und ging.

Hatte all diese Blicke genau gesehen und bewahrt wie ein Sammler.

Jetzt schauderte ihn. Besser noch einen Kaffee. Und ein Blick unterm Rollo durch. Gleißende Helle da draußen, wie schön auch das. Ein Pferdefuhrwerk rappelte übers Kopfsteinpflaster – ja, sowas gab es hier noch – und ein komisches Paar folgte hinterdrein, Fahrrad und Moped, geschoben von kleinem dicken Mann und hochaufgeschossener Frau. Er kannte die, sie hieß Zora oder so, man war sich mal begegnet, auch mal vorgestellt worden, Zora und Ibo, das hatte lustig geklungen. Zwei Fremde auf einem Dorffest. Und von dem Mann vermutete er, dass er irgendwie in dem Ort eine Rolle spielte.

Ibo zog die Rollos nach oben, versuchte einen Kopfstand, aber sein Yoga war lange her, die Gelenke verrostet, er wusste auch das, aber so war es dann eben. Es ging voran. Er war niemandem etwas schuldig. Mochte an nichts mehr denken. Das hier war seins, da führte er sich auf, wie er wollte. Schluss.

Schreiend und lachend lief er hinaus.

4.

Karl Krassow ans Telefon zu kriegen war praktisch unmöglich. Man hörte nur eine automatische Ansage, was bei seiner Sprachhemmung nachvollziehbar war. Wer ihn kannte, wusste, dass er kaum zurückrufen würde, auch das war verständlich. Man hinterließ sein Sprüchlein auf dem Gerät und hoffte, dass die Nachricht ihm wichtig genug war, am nächsten Tag vor der Tür zu erscheinen.

Oder gleich. Oder gar nicht.

Er entschied das, kein anderer.

Gerade ließ er ein paarmal die Mitteilung dieser Frau Mengeleng laufen, der langen Zara, die genervt klang und bettelnd, aber in einem Tonfall, der ihm gefiel – tief, nach oben hin schneidend, mit einem Kickser bei Aufregung, der dann wieder eingefangen wurde und zurückgedrückt in das Kühle und Tiefe.

Noch einmal: »Hier Mengeleng. Sie waren Dienstag ausmessen bei mir. Nicht gestern, den Dienstag davor. Ich bräuchte mal Ihren Voranschlag, um mich entscheiden zu können. Und ich dachte, Sie bräuchten den Job. Vielleicht irre ich mich ja. Meine Mail lautet posteingang et zame de. Hoffe, wir kommen klar.«

»Irre« war das Kickserwort, danach ging die Stimme abwärts, und »klar« klang dann wieder tief wie eine sattgrüne Wiese am kühlen Regengrund. Angenehme Vorstellung angesichts der trockenschwirrenden Sonnenschlacht, die heute da draußen geschlagen wurde und die er gar nicht vertrug. Jetzt war schon Mittag vorbei.

Spätaufsteher schalten flotter als die wurmfangenden frühen Vögel, dachte er. Langsam und gemächlich. Wenn er es gewagt hätte, diesen einen Gedanken einmal laut auszusprechen – was für ein Durcheinander. Er würde nie an ein Ende kommen.

Nochmal ab »irre«, er spulte zurück.

Die andere Nachricht auf seinem Anrufbeantworter hatte er nur einmal hören müssen, nüchtern und unerotisch kam sie rüber, inhaltlich umso klarer: Die Königspferdchen waren ausgebrochen. Der Informant hatte gleich wieder aufgelegt. Madame würde natürlich versuchen, es der Agrargenossenschaft anzuhängen, das war ihr Plan, aber ob er funktionierte?

Fröhliches Jagen, dachte Krassow. Ihn würden sie wohl nicht einspannen. Er war der Krüppel für alle, erstaunlich, dass er überhaupt informiert wurde.

Dass er sich bei Zara Mengeleng melden würde, heute noch, stand jetzt fest. Sie hatte ihre Arbeit in der Stadt verloren, das wusste er, war keine Angestellte mehr für Leute, die schlaue Bücher an der Universität schrieben. Wahrscheinlich rutschten die jetzt ohne sie in ein Alltagschaos. Wie sowas kommen konnte, hatte er selbst erlebt. Seit seine Mutter nicht mehr mit auf dem Hof saß, sah es bei ihm elend aus mit Buchführung, Akquise und Rechnungslegung. Aber so, wie er sich trotzdem gegen den Abwärtssog stemmte und wacker zurückschlug, so würden es die aufstrebenden Forscherlein in der Stadt wohl auch können, und es würde jetzt eben mal ohne Frau Mengeleng gehen.

Wie für ihn ohne Mama.

Diese Zara hatte ja kürzlich die letzte Hausrate beglichen, mit einer Abfindung aus ihrem Job, wie er vermutete. Das hatte alle erleichtert. »Yippie«, hatte Sabine Melchow, die alte Freundin aus Kindertagen, ihm jubelnd zugerufen, als das Geld so plötzlich auf ihrem Konto lag.

Seinerzeit hatte man den Handel nämlich voll altertümlich mit Handschlag, ohne Bank und Makler besiegelt. Noch mit Zaras damaligem Lebensgefährten. Und Krassow hatte gedacht: Ob das man gut geht. Aber statt laut zu unken, war er wie immer stumm geblieben.

Jetzt gab er sich einen Schwung und sagte stoßweise jubelnd: »Eins A.« Solche kurzen Worte brachte er manchmal fehlerfrei raus. Zum Beispiel auch das Wort »Bescheid«, das gelang ihm singend in einem Rutsch.

Eins A Bescheid weiß Karl Krassow, das wäre sein Werbebanner.

Wir hatten hier früher die Stasi, jetzt gibt es die NSA, lachte er in sich rein, aber Krassow schlägt sie alle. Denn er sammelt sein Wissen nur für sich selbst. Da wird nüscht geteilt, mit wem denn auch. Und alle halten mich trotzdem für einen Trottel, dachte er weiter. Weil ich nicht davon sprechen kann, was ich sehe.

Jeder andere hätte wahrscheinlich vermutet, dass Zara Mengeleng jetzt ein Leben auf dem Dorf vorhatte. Zukunftsleer in der großen Stadt, Bindungen gelockert, stattdessen für Scholle und Mauerwerk hier im Ort Wurzeln schlagend und neuerdings mit dem Hauskauf auch finanziell festgelegt, auf festen Beinen sozusagen.

Schöne lange Beine, wie Krassow fand, wenn auch immer noch ein bisschen bleich.

Eine Ehrenamtsstelle im Museum, sowas bot sich für die Dame zumindest an. Freie Fahrt für die Zugezogene.

Aber, was auf der Hand liegt, springt von der Hand. Ein Spruch seiner Mutter. Er musste aufpassen. Er beobachtete diese Zara mit dem dunklen Punkerschnitt schon so lange, beim Jäten, Gartentischdecken – seit sieben Jahren immer wieder –, verborgen in der Wildnis, die an ihr Grundstück grenzt und an deren anderem Ende er seinen Lagerplatz hat. Wer hinter dieser Wildnis wohnte, wusste sie nicht. Nur die unmittelbaren Nachbarn nahm sie wahr, das hatte er schnell gemerkt. Und dass ihr Haus sogar seine, Krassows, Kinderheimat gewesen war, wusste sie schon gar nicht. Krassow und Melchow, die Familien waren seit Jahrzehnten aneinander gekettet, Eltern und Kinder, Cousins und Cousinen.

Und er, der Stotterer. Wie es damals gewesen war, darüber wollte er jetzt nicht nachdenken. Was auf der Hand lag, sprang von der Hand.

Das hatte er Zara manchmal angesehen, wenn sie einen Gartentisch schmückte, hastig eine rauchte und auf Besuch wartete. Da war die Unruhe der Zuwanderin schon in ihr drin gewesen. Am Rhythmus erkannte man das. Wenn nämlich die Anlässe, in die Stadt zu fahren, immer weniger und die Zugezogenen hier nicht und dort nicht gebraucht wurden, wenn Besucher kurzfristig absagten, man nachts am Himmel weniger die Sternenpracht als die paar Flugzeuge suchte, die südwestlich flogen, auf die Riesenstadt zu – dann war es eigentlich schon zu spät. Wollten sie am liebsten wieder fliehen. Falls sie das dann noch konnten. Alles rückgängig machen.

Als sich diese Zara also zum Umbau des Hauses, zum Einrichten fest entschlossen und ihre Schulden getilgt hatte – dörfliche Häuslerin sozusagen –, in dem Moment war ihr Abgang fast schon besiegelt.

Krassow, der Schwarzseher. Aber vielleicht hätte er sich neulich doch nicht ganz so gleichmütig geben und den Kostenvoranschlag nicht ganz so lange verzögern sollen. Eile allerdings wäre verdächtig gewesen, na gut. Und allzu viel Entgegenkommen konnte auch jetzt noch aufdringlich wirken. Zara musste von selbst auf ihn zukommen – das war ihm gelungen, glaubte er. Also bloß keine zu hohe Summe jetzt fordern und kein Mehrwertsteuer-Geschummel – mittlerweile war sein Angebot für sie schmackhaft, das durfte er nicht verscherzen. Sonst blieben die Türen für ihn zu. Und er käme nicht in die alten Flure.

Würde nie dieses unauffällig angenagelte Brett am Rand der Treppe zum Heizungskeller aufbrechen können, um nachzuschauen, was dahinter noch übrig war.

5.

»Komm, dritter Gang«, lockte Kubrik, und der Lada schnaufte die Straße zum Vorwerk hoch. Garagenwagen, scheckheftgepflegt, drinnen wie draußen kein Kratzer, kein Stäubchen, aber die Berge nahm er einfach nicht mehr so wie früher. Seit Kilometerstand Zweihundertausendundzehn gab es die Unzuverlässigkeit, da hatte auch ein neuer Vergaser nicht wirklich was gebracht.

»Nicht wirklich – auch so'n Wort«, knurrte Kubrik. Lieselott, seine Frau schüttelte ratlos den Kopf. Eine sinnvolle Ergänzung des gerade geführten Gesprächs war das nicht.

»Wippt schön, wenn du schüttelst«, schob er hastig hinterher, das Auto hatte den höchsten Punkt erreicht und verfiel in Trab. Da konnte man problemlos in den Vierten wechseln.

»Die Locken, ja?«, fragte Frau Kubrik ein bisschen spöttisch, aber auch hoffnungsvoll. Ihre Locken waren weiß, frisch onduliert und an der Stirnseite zu frechen Fransen gezwirbelt.

»Hatse gut gemacht.« Sie nickte: »Hatse.«

Ihr Mann hätte jetzt liebend gern ein neues Thema nachgeschoben, fix wie den Kommentar zur Friseurin, sonst würde das Gespräch unweigerlich bei Lieselotts faltigem Hals, der zerfurchten Stirn, bei der Sinnlosigkeit vom kosmetischen Ringen angesichts der Zerstörungsprozesse des Alters anlangen.

Er ging vom Gas. Der Lada passierte im Schritttempo das Vorwerk der ehemaligen LPG – und da war es dann, das neue Thema.

Zwischen Mähdreschern und einem halb im Schlamm steckenden Bagger standen sie sich tatsächlich gegenüber: Friedhelm Benzler, der überhebliche Westler, Ex-Schuldirektor im Ort und immer noch Vorstand des Nationalparkvereins, und Frank Morgentau, seit Urzeiten Chef der LPG, der heutigen Agrargenossenschaft. Zwei Zwerge vor den Maschinen. Fuchtelnd, fäustedrohend, sich am Schlawittchen packend schrien die beiden Männer herum. Was man kaum hörte, denn Bagger und Mähdrescher heulten in Drehzahlsteigerung zu einem Hymnus auf, den ihre Fahrer zur Anfeuerung der Streitenden in kollektiver Gesinnung gerade erfanden. Es machte ihnen gewaltigen Spaß. Ein kürzlich gesendeter Fernsehbericht über den Einsatz von Treckermotoren als Musikinstrumente hatte sie offensichtlich dazu angeregt.

Kubrik hielt an.

Zwischen die Streithähne und in den Krach war jetzt noch Dagmar Wiesebau getreten, die Agrar-Sekretärin.

Sie hatte hier einen schweren Stand. Denn als Schwester seiner Exfrau gehörte sie sozusagen zur Verwandtschaft dieses Benzler, der den Nationalpark an sich gerissen hatte. Das machte ihr die Arbeit zwischen den Bauern nicht leichter.

»Wenn ditt Wieselchen nich sone patente Kraft wär, ick hätt se längst gefeuert bei der Mischpoke, ditt könnt'er glooben«, so hatte Morgentau sich mal beim Bier geäußert, Kubrik war dabei gewesen.

Jetzt schrie Dagmar Wiesebau ihrem Chef was ins Ohr. Der nickte und machte eine herrische Geste zum Tor hin. Dorthin, wo die Kubriks mit ihrem Lada die Ausfahrt versperrten. »Hausrecht«, formten Dagmars Lippen.

Das Traktorengeräusch nahm ab.

Da schossen die gepflegten Hände Benzlers plötzlich vor und nahmen die Handgelenke des Agrarchefs in die Zange, und Silbe für Silbe betonend sagte er: »Ich ge-he nicht! Ohne Schuldeingestä-ä-ndnis! Wer denn sonst? Wenn nicht ihr?«

Mit lässigem Schwung befreite Morgentau sich aus der Umklammerung: »Wie blöd sind wir? Euch eure Pferdchen stibitzen?? Es looft doch eh das Verfahren, würd'n wa uns doch voll ins Unrecht setz'n mit sowat, 'n Loch in' Zaun ... Wie bekloppt darf's denn sein?«

Lelser zu Dagmar Wiesebau. »Watt sacht der Haus polississt für ne Uhrzeit?«

»Tatzeit soll zirka sechzehn Uhr zwanzig gewesen sein.«

»Und bei uns, Wieselchen, sechzehn Uhr zwanzig?«

Sie hob ein Klemmbrett vor Augen und las zusammenfassend vor: »Gestern fünfzehn bis siebzehn Uhr Ernte Kartoffelfeld, Aussaat Wintergetreide, Werkstattarbeit – alle Kräfte im Einsatz.«

»Na, sach ick doch. Und ooch, wenn nich …«

»Das hat ein Nach-spiel …« Benzler stampfte mit den Füßen und wandte sich seinem Auto zu.

Morgentau schwoll der Hals noch mehr an.

»Ditt hat's doch sowieso. Seit ihr mit der Pferdezucht losjeleecht habt. ›Horsemanshift‹. Watt 'ne Lachnummer. Zwangsweise habt ihr die Wiesen enteignet, als Naturschützer habt ihr euch vollgesogen, dann plötzlich selber auf Landwirt gemacht. Nationalparksverein – ein mieserer Trick ist kaum denkbar!«

»Das ist Ihre Sichtweise, Herr Morgentau, wir sind voll legal, und ich bestehe …«

»Ditt wär nicht mal früher soo glatt jegangen, ditt sach ick dir. Und die Biber fressen die Deiche weg. Mach dir vom Acker. Und fang deine Pferdchen ma' wieda ein. Kannst ja rumfragen, ob dir wer hilft? Nachspiel, ditt ick nich lache …«

Morgentau zertrat die Zigarette, an der er geknautscht hatte und ging.

Benzler quetschte sich ungeschickt, weil mit möglichst hoch erhobenem Kopf, in sein neues gelbes Honda-Sportcoupé.

Dagmar Wiesebau winkte leise Kubrik zu, der schnell sein Fenster aufkurbelte und »Schön' Feier-a'mt« rief.

Auch Frau Kubrik winkte. »Haste da mitgedreht«, fragte sie scharf.

Kubrik ließ den Motor zu Wort kommen, erster Gang. »Lass ma' die Einfahrt freigeben, sonst kommt hier keiner weg. Und die Geschäfte ha'm am Ende schon zu, wir finden kein' Hut mehr für deine niedlichen Fransen.« Er fuhr ihr durchs Haar.

»Schau du mal schön geradeaus«, sagte Frau Kubrik und streckte sich auf dem Beifahrersitz aus.

6.

Wie Grünmantel da im Tal lag, sah es gar nicht aus wie ein einzelner Ort, das Dorf mit der Kirche rechts hinten, dem ehemaligen Rathaus in der Mitte und dem Schulbau aus Schalbeton links ganz vorn. Vor den Hügeln lag es, die schon zu Polen gehörten. Die dunklen Dächer der Häuser verdeckten den Grenzfluss, der jetzt im Sommer nur wenig Wasser führte, hier und dort blitzte er hinter den Bäumen hervor. Radfahrer auf dem Deich sah man, einen Kahn, an dessen Bug einer stand und mit der Stange ins Tiefe stocherte. Rauch stieg auf, trotz der Hitze, Hahnkrähen, Hundegebell.

Wie es so da liegt, dachte Dagmar Wiesebau, wirkt es wie hingetrudelt – mit dem Dorfbrunnen, dem Kindergarten und dem Museum, den zwei Sportplätzen, dem Kriegerdenkmal und Ärztehaus, mit dem Frischemarkt und seinen Haupt- und Nebenwegen, den toten Winkeln, uraltem Charme und rohem Verfall. Ursprünglich einmal drei Orte, deshalb kein Dorfkern, nichts wirklich Schönes, kein zentrales Fotomotiv. Immer noch lebten über tausend Menschen in Grünmantel, ein Drittel mehr waren es nach dem Krieg gewesen, es ging dörflich zu und trotzdem für Zugezogene fast anonym, und man musste sich schon sehr lange an diesem Ort aufgehalten haben, um alle zu kennen, die hier wohnten.

Villen und Hütten standen nebeneinander, Bauerngehöfte und städtischer Terassenschick, drei sogenannte Neubauten – zweistöckige Mietshäuser aus den Siebzigern, in einem wohnte sie selbst –, aber auch echte Neubauten gab es, kaum verschalt manche und prunkvoll vollendet andere, teuer von Firmen oder preiswert in Nachbarschaftshilfe gebaut, das Ärztehaus und das Holzwerk, dazu die Bulat Okutschawa-Realschule, seit vier Jahren geschlossen und seit neuestem als Begegnungszentrum mit Schlafplätzen für die Radwanderer genutzt. Daneben, zwei Häuschen weiter, direkt bei der Werkshalle des Industrieschmieds, hatte Dagmar den ersten Schrei getan, die erste Katze gestreichelt, zum ersten Mal in ein Feuer gegriffen, in den Bunsenbrenner von Lehmann, dem Schmiedegesellen.

Vor siebenundzwanzig Jahren war das gewesen.

Damals bauten viele im Ort Tabak an. Während der Ernte traf man sich zum Gemeinschaftsessen in der Kantine an der Straße, die in die Kreisstadt führt. Das halbe Dorf nahm daran teil. Heute war dort der Frischemarkt, vor dem sich in der Sommerhitze schattensuchend die Schluckspechte trafen. Ein Wirtshaus von vieren war geblieben, und die Alten erzählten von Bäckereien, Schlachtern, vom Schwimmbad am Kanal und vom Tanzplatz unter den Linden. Ein-, zweimal im Jahr wurde dort noch gefeiert, Bierbänke aufgestellt, ein tätowiertes Mädchen und ein Muskelmann strippten zu Technoklängen.

Von hier oben, aus der Entfernung ihres Arbeitsplatzes, der Genossenschaft hoch überm Tal, sah der Ort still und ordentlich aus. Dort unten, das wusste Dagmar, musste man während des Heranwachsens verschiedene Prüfungen überstanden haben und aus einigen Ohnmachten wieder aufgewacht sein. Auch ein Kind wie sie, das die DDR nicht mehr kennengelernt hatte. Die das Leben hier und das Gefühl für das Leben bis heute mitprägte. Und zwar mehr als nur ein bisschen, fand Dagmar.

Eine Kinderseele brauchte in Grünmantel ungewöhnlich lange, bis der Ort erobert und erkundet war. Für sie selbst, dachte Dagmar mit einem leichten Schaudern, war die Erkundung noch längst nicht zu Ende. Bis man erwartungslos erwachsen war und die dörfliche Abgeschiedenheit lähmend fand, war man in Grünmantel fast schon alt.

Ihr Vater hatte ihr mal erklärt, dass durch Grenzlage und wirtschaftliche Unabhängigkeit sich hier ein ungewöhnliches Volk angesiedelt hatte. »Wir sind sowas wie 'ne autonome Republik«, sagte er gern. Vielleicht hielt die Jugend hier deshalb ein bisschen mehr zusammen? War nicht ganz so anfällig für das nationale Krakeelen? Seltsame Grüppchen gab es natürlich, und manche Jungen kriegten den Rechtsdrall. Einer schepperte seine Schrottkiste mit Runenaufschrift »Todesstrafe für Kinderschänder« durchs Dorf. Aber gegensteuern, dachte Dagmar, hier ging das noch. Als Grünmantler blieb man bescheiden und skeptisch. Lautschreier ließ man stehen.

Jetzt musste sie an ihre Schwester denken. Lena, die schöne Wilde, die als Teenie in den letzten Tagen der DDR die große Welt in den Ort hatte holen wollen, Konfrontationen herbeigeführt und Dramatik entfacht hatte. So wurde es berichtet – wie sollte Dagmar vor der vierzehn Jahre Älteren nicht in Bewunderung verfallen?

Lautschreier ließ man stehen. Manchmal eine feige Regel, aber oft genug lagen die Grünmantler damit richtig. Sie dachte jetzt an Benzler, an den sich ihre Schwester Lena gehängt hatte. Genüsslich zündete sie sich dazu endlich die erste Menthol-Zigarette des Tages an. Benzler, dem als Westler der Rektorenposten geradezu nachgetragen worden war. Und dem später die Schule und jetzt auch die Ehe auf die Füße fielen. Zwei Lebenssäulen abgebrochen. So ein Pech, grinste Dagmar den Rauchringen hinterher.

Geschlossen worden war die Realschule, als in einem Einschulungsjahrgang ein Kind an der geforderten Anzahl gefehlt hatte. Schon im nächsten Jahr wäre die Norm wieder übererfüllt gewesen, nur hätte das jemand den Bildungsbeamten laut ins Ohr schreien und gleichzeitig parteipolitische Verbindungsdrähte aufglühen lassen müssen.

Der überforderte Friedhelm Benzler hatte damals seine späteren Fähigkeiten noch nicht recht ausgebildet und trat leider weder entschieden genug noch wirksam intrigant auf. Als Lehrer zu Cholerik neigend und als Grüner bei zunehmender Erschöpfung immer idealistischer, war er Mitgründer des deutsch-polnischen Nationalparkvereins geworden und träumte von eingezäuntem Wildwuchs auf den Brachflächen beiderseits des Flusses, auf denen sich unter Ausschluss der Öffentlichkeit Mammuts und Wollnashörner tummeln sollten. Für die Touristen waren nur ein paar von Rangern bewachte Schlüssellöcher ins Urzeitparadies vorgesehen.

Dagmar fand es eigentlich nur peinlich, wie dieser Benzler sich aufführte und an welch wichtiger Front er zu kämpfen glaubte. Als seine Schule gefährdet war, bekam er es zunächst einmal überhaupt nicht mit. Denn zur gleichen Zeit wurde das Naturschutzrecht in Deutschland zu Gunsten von Tourismusplänen aufgeweicht, und die polnische Seite zog sich verängstigt zurück, gedemütigt von den deutschfeindlichen Kartoffelbrüdern, die seinerzeit in Warschau regierten.

Für Benzlers Urzeittraum bedeutete beides das Aus. Er weigerte sich eine Weile, überhaupt noch Fakten zur Kenntnis zu nehmen. Man mochte ihn auch nicht darauf ansprechen, denn dann brüllte er rum. Dankbar nutzte die Landesbehörde sofort die Fehlzahl an seiner Schule, um einen Kostenträger zu eliminieren. Es gab schließlich Busse. Die Kinder aus Grünmantel waren auch nicht aus Zucker. Und es gab Busfahrer, die vom Verkehrsunternehmen des Landkreises bezahlt werden mussten, am eiskalten Wintermorgen genauso wie im verregneten Frühherbst, also an all den Schultagen, an denen jetzt eben der Grünmantler Nachwuchs die achtzehn Kilometer bis in die Kreisstadt transportiert werden musste und dann wieder zurück. Tag für Tag, hin und zurück.

Auch Dagmar hatte so ihren Schulabschluss gemacht.

7.

Etwas war anders. Die Schuppentür stand halb offen, die Liege war umgefallen – vielleicht vom Wind, aber wie sie so fallen konnte, das blieb Ibo unklar. Brombeeren wucherten um seinen Schuppen, noch waren sie nicht reif, gedankenlos kostete er eine, sie war rot, gleich wieder ausgespuckt. Hatte er denn nachts Kartoffelchips verzehrt, wie sie jetzt im Gestrüpp verstreut lagen, eine leere fettglänzende Tüte im Busch verfangen?

Er wusste nur, dass er auf seiner Wiese gelegen hatte, den Kopf zur Sonne hin, so lange sie dort oben schien, dem Kosmos zugewandt bis ins Dämmerlicht. Sein Nachbar Uli war vorbeigekommen, auf dem Weg in die *Fröhliche Kurve*, die Dorfrandkneipe, und wie jedes Mal hatte Ibo es abgelehnt, dorthin mitzugehen, dort mal reinzuschauen. Er war nicht neugierig, er träumte weiter. Dann waren wieder ein paar dieser Gedanken durch sein Gehirn geschossen, die es verhinderten, dass er sich ganz entspannte. Da war es schon dunkel gewesen.

So viel Wind hatte gestern nicht geweht. Und die Weinflasche mit dem einsamen Glas müsste unter dem Tischchen stehen, mitsamt dem Taschentelefon. Mit dem hatte er ja noch versucht, Mails abzurufen, die sich im Schneckentempo des Handynetzes hier nicht öffnen wollten. War er also mal wieder reingefallen auf die Steinzeittechnik an diesem Ort, anstatt seinen eigenen weinklaren Gedanken zu folgen und sich zu sagen: Du bist doch schon auf einem fremden Stern. Genieß es doch!

Daran erinnerte Ibo sich. Und dass dann das Handy geklingelt hatte, also dumpf geschnarrt, und er eigentlich kein Gespräch hatte annehmen wollen.

Aber dann eben doch.

Oder konnte er sich den Ablauf auch ausgedacht haben? Er war nicht ins Haus gegangen, das ganze verfickte, verkommene Gespräch lang, das ja wohl Stunden gedauert haben musste. Ihm war so kalt gewesen. Kalter Schweiß war gelaufen. Hätte er daran jetzt bloß nicht gedacht!

Eine üble Niederlage hatte er letzte Nacht einstecken müssen, und dass sie ihm erst so spät wieder einfiel, darauf war er ein bisschen stolz. Corinna hatte ihm am Telefon erklärt, dass sie wegbleiben würde.

Sie war ja längst weg. Aber bisher war das im Vorläufigen so dahingeschwebt wie sein Aufenthalt hier in Grünmantel, ein beiderseitiges Experiment, und wenn er mal zu einem ihrer Kongresse oder sie zu einem seiner bunten Abende erschienen war, hatten sie sich der Freude überlassen und sich geliebt, Rituale erfüllt und einander vorgemacht, es gäbe so etwas Pathetisches wie eine Zukunft. So hatte sie das gestern am Telefon formuliert. Und gerade ihr gemeinsamer Anfang hätte ihr im Nachhinein gezeigt, wie gut

Verliebtheit ihr stehe und dass der Mensch, den sie brauche, vielleicht schon in einer Umlaufbahn auf sie zu sei.

»Warum nicht ich«, hatte Ibo da gemurmelt.

Während sich in einer Kammer seiner durchschwitzten Brust heimlich schon das Urteil gebildet hatte. In seinen Kopf war es letzte Nacht noch nicht richtig gelangt.

Manchmal wachte er morgens glücklich auf und wurde schon im nächsten Moment von etwas Schrecklichem, das am Abend zuvor passiert war, niedergestreckt. Die Erinnerung an die Härte und den Schmerz waren oft fast gleichzeitig da, wie verabredet, wie zwei Hämmer. Und das hatte leider manchmal auch etwas Wohliges an sich.

Dieses Wohlige fiel diesmal weg. Endlich zieht die Härte bei dir selber ein, dachte er und zerknüllte die Kartoffelchips-Tüte, und außerdem, dass, wer sich dem Außen so glatt angleichen kann, auch kein reines Opfer mehr ist. Bei den richtigen Siegern gibt's keinen Unterschied zwischen Innen und Außen, sagte er sich, aber auch, dass man mit solchen Sätzen vor den tieferen Wahrheiten ganz gut davonlaufen kann.

Das hatte er jahrelang geübt. Und gestern Nacht verzweifelt versucht, das Geübte herbeizurufen. Aber wenn man insgeheim immer nur stammelt: »Warum nicht ich?«, dann kommen kaltkluge oder zum Beeindrucken geeignete Gedanken erst gar nicht zustande.

Er hob die leere Weinflasche auf. Ja komm, Härte komm, dachte er.

Er konnte nicht stillstehen, war jetzt hinter dem Schuppen, starrte mit leerem Blick vor sich hin. Etwas war anders. Die verstaubte Weinpresse stand so herum wie gestern, oder stand sie jetzt schief? Irgendwas ratschte dort und scheuchte die Fliegen auf.

Er erschrak.

Sie hatte ihm vorgehalten, wie sehr sie unter seiner Eitelkeit litt. Eitelkeit war, was ihn betraf, neuerdings eins ihrer Lieblingsworte. Während sie ihm das vorwarf, redete sie immer häufiger von ihren Erwartungen und Erfolgen. Und er gab dann immer sofort zu, dass sie durchaus Recht habe, aber nur, was sein Berufsleben betraf, und das baue sich hier doch rapide ab. Außerhalb davon fühle er sich nicht anders als der Nachbar nebenan.

Das gerade sei seine Eitelkeit, sagte sie. Sie selbst dagegen würde überhaupt nicht verheimlichen, dass ihr größter Wunsch die Teilhabe an der Schönheitspraxis am Spreebogen sei, die ihr fast schon sicher versprochen wäre, und wenn ihr Finanzberater Recht behielte, sei ihr Gesicht in einem halben Jahr auf dem Titelblatt des Focus, für ein Interview über nachhaltige Dermatologie.

»Viel Glück!«, hatte er gerufen und das heisere Echo von »Warum nicht ich?« als seine zweite, verachtenswerte Stimme im Brustkorb gehört, aber er habe andere Sorgen, zum Beispiel, wie er ohne das Auto, das ihr ja gehöre, hier in der Pampa beweglich bleiben könne.

»Warum ziehst du denn nicht zurück nach Berlin?«

»Weil das mein Leben jetzt ist. Hier.«

»Und das genau ist deine verdammte Eitelkeit!«

Er drückte ein paar Latten weg, um von hinten in den Schuppen zu kommen. Ob er es gestern Nacht auch schon so klar entschieden hatte, wusste er nicht mehr, jetzt aber stand seine Haltung fest: Idiotin. Eine wissbegierige Studentin einst. Jetzt fertige Hautärztin, Beste ihres Jahrgangs, mit allen Chancen für eine wissenschaftliche Laufbahn. Die nur für Privatpatienten ihr Wissen anwenden wollte, für keine Krankenkasse, allein für reiche Schönheitskunden und am liebsten bar bezahlt.

Idiotin. Er sprach das leise aus und bekam keine Antwort. Weiche Nüstern drängten sich an sein Gesicht, schwere, gelbweiße Zähne. Dann zuckte der Kopf hoch, und ein ohrenbetäubendes Wiehern ließ alles erzittern, den Schuppen, seinen Besitzer, das Brombeergesträuch und den sandigen Boden.

Man ist nie allein, jubelte Ibo und tätschelte dem neuen Gast den Hals. Ziemlich kleines Pferd, dachte er, wenn überhaupt eins. Aber egal, sei willkommen!

8.

Dagmar Wiesebaus Schwester Lena hatte nicht als Erste erfahren, dass die Pferdchen los waren, aber noch früh genug. Da überkam sie eine Art Achtung vor ihrer eigenen Planung. Dass der alte Kubrik so trotzig reagieren und einen Durchschlupf lassen würde, als er das frisch geschnittene Loch im Zaun wieder flicken sollte, das hatte sie einfach geahnt. Dazu kannte sie ihn zu gut. Und natürlich würde der so ehrlich sein und sie als Auftraggeberin im Zweifelsfall entlasten. Wodurch Lena dann beides bekäme: das gewünschte

Chaos samt Schmach für die Naturschutz-Grünen, aber auch ihre eigene Unschuld zurück. Lena, die Abtrünnige, die Ex des Westlers, auf der Seite der Rebellen und trotzdem die Gute.

Genau so war es ihr manchmal in der Schulzeit geglückt, im letzten DDR-Jahr, als sie im Jugendclub die Kulturbeauftragte gab. Da war sie nach Berlin getrampt, hatte Auge in Auge mit dieser verbotenen Band *Herbst in Peking* gestanden und sie hierher eingeladen. Hatte das Konzert dann, als ein Skandal daraus wurde, mit allen Mitteln – telefonisch, per Postkarte, mit Boten und immer unter Zeugen – vorgeblich abzusagen versucht. Als die Band dann trotzdem wie verabredet auflief und in der Kirche statt im Club einen Auftrittsort fand, stand sie gleichzeitig als die mutige Veranstalterin und die vergebliche Verhinderin da.

Zuhause setzte es Ohrfeigen, denn das mit dem Trampen war rausgekommen. Nach außen aber verteidigte ihr Vater sie wie kein zweiter. Die Sorte Männer hatte sie gut im Griff.

Egal, ob gut oder böse, irgendwann zählt nur noch die Energie, die eine Handlung freigesetzt hat. Keiner fragt dann mehr, wie es dazu kam, man erlebt nur, wie es voran geht mit der neuen Kraft. Energie ist Entwicklung, also das, was in einem Dorf wie Grünmantel am meisten gefürchtet wird und deshalb am meisten ersehnt. Entwicklung alleine zählt, egal, wie man darüber denkt, sie zählt objektiv, wie man früher gesagt hat.

Und wenn Energie etwas Böses gut macht – dann halt dich fest!

Lenas Ex, Benzler, war so vorsichtig gewesen, als sie sich kennenlernten. Hatte ihr noch altmodisch den Hof gemacht, sodass sie anfangs geglaubt hatte, das sei da drüben modern. Sie hatte instinktiv gespürt, was er brauchte. Wie sie ihm entgegenkommen musste. Hatte ganz radikal die Schüchterne und Lebensferne gespielt, was seine Gegenkräfte allmählich entzündete, die ihn so skrupellos machten, wie es hier im Osten vom Westler erwartet wurde. Abzocker und Besiedler, der im geeigneten Moment zuschlagen kann und dann an nichts weiter denkt als an den eigenen Vorteil. Sie hatte ihm das alles erst beibringen müssen, obwohl er aus Düsseldorf kam. Wer hätte gedacht, dass es reichen würde, den alten Direx vor versammelter Mannschaft mit seiner Stasitätigkeit und der Mitgliedschaft im Wachregiment Feliks Dzierzynski zu konfrontieren? Sie sorgte auch dafür, dass Benzler ein pädagogisches Gegenprogramm parat haben müsse, hinterlegt bei der Behörde und im Ort selbst. Angriff. Nimm dir deine Chance: Ohne abgeschlossene Ausbildung Schulleiter werden, es lag in der Luft, man musste nur zugreifen!

»In einer Umbruchzeit geht das so.« Nie wird sie vergessen, wie sie mit ihren süßen Sechzehn all das in ihn hineinknuffelte, umschlungen auf einer fleckigen Matratze im Kornhaus, der Fachwerkruine am Anger, die das Dorf seiner Jugend als Treffpunkt gestiftet hatte. Dunkel war es geworden, Frühlingswind pfiff, er hatte sich da erst nicht reingetraut, sich x-mal umgeschaut. »Komm endlich«, kniffen die drüben alle so den Schwanz ein wie der? Sie küsste ihn ab und boxte ihn voran in den Kampf.

Lena konnte sich lange nicht eingestehen, wie verliebt sie war. In seine mächtigen Augenbrauen vernarrt, die ihn strenger und weiser machten, als er sich fühlte. Wie sie an seinen Lippen hing, als er von den Leuten aus Angermund erzählte, die einst einen besonders guten Pflug in den Osten brachten, im Mittelalter irgendwann, für die Neusiedler, die ihn bestellt hatten, und die nur die Beschreibung »in Flussnähe« kannten, weshalb sie erst eine Siedlung an der Elbe gründeten, wo sie aber nicht erwartet wurden, dann weiter östlich noch eine an der Oder, die sie beide »Angermünde« nannten, nämlich den Ort derer aus Angermund. Wo er herkam. Von wo er aufgebrochen war, wie er selbst gern pathetisch erklärte. Mit einem besonders guten Pflug ausgestattet, wie sie fand, wenn man ihn erst mal in Schwung gebracht hatte.

Sie konnte so vieles voraussehen damals.

Nur nicht, was für ein aufgeplustertes Männlein ihr Friedhelm Benzler bald wurde, als alles geglückt war. Und wie schnell sie gelangweilt war von diesem Kampf, den er täglich immer begeisterter auf sich nahm. Und schon gar nicht, wie sehr er an blutjungen Mädchen hing, was sie nicht mehr war.

Der Scheidungsgrund hieß Lore, und welche jetzt dran war – egal. Sie würde sich etwas aufbauen mit dem erstrittenen Geld.

9.

Dass die Feuchtigkeit aus dem Keller stieg, war Zara klar. Auf der Treppe nach unten und im Heizungsraum hatte sie deshalb vorsorglich alles weggeräumt, was hätte stören können, sogar gefegt hatte sie. Die erreichbaren Spinnweben, dann die Kokons, all das, an dem sie sonst vorbeisah. Aber dieser Krassow wollte dann gar nicht in den Keller. Er hatte sein Werkzeug auf einem großen Haufen im Wohnzimmer platziert, mit unwirschen Handbewegungen Platz verlangt, Decken als Unterlage, zusätzliches Licht, jetzt schraubte und sägte er an den Dielen herum. Die ihrer Meinung nach ganz in Ordnung waren.

Das Schlimme war, dass er nichts sagte. Gut, sie verstand die Zurückhaltung, wer ihn hatte reden hören, vergaß das nicht und wollte es so schnell nicht wieder erleben. Aber dieses herrische Gestikulieren war auch nicht besser. Faust in die Hand gehauen, mit dem linken Daumen zum Mund gezeigt, dann zur Küche – das kann er bei sich zu Hause machen, doch nicht hier. Es bedeutete: Etwas zu trinken bitte, es darf auch Wasser sein. Wobei das »bitte« ganz ihre Zutat war, Krassow grunzte nur, als das volle Glas bei ihm stand.

Zara wurde tatsächlich etwas aufgeregt, ob sie mit Selters das Richtige getroffen hatte.

Krassows Hockhaltung lockerte sich ein bisschen.

Zara zündete sich eine Zigarette an, hockte sich zu ihm und nahm eine herausgebrochene Bodenlatte in die Hand. »Was ist damit?«, fragte sie, überdeutlich wie zu einem Taubstummen. Krassow vergrößerte das Loch im Boden, stemmte mit einem Nageleisen die

Lattung weiter auf und grunzte. »Kommen mir voll in Ordnung vor«, murmelte sie und beugte sich tiefer, um dem Mann in die Augen zu schauen. Der wischte mit klarblauem Blick ihren Rauch weg, schaute beiseite und stemmte weiter.

»Kommen mir wirklich in Ordnung vor«, rief sie jetzt laut und hielt sich gerade noch selbst davon ab, dem Handwerker erst ins Gesicht zu rauchen und dann in den Arm zu fallen.

Krassow stemmte noch einmal, seufzte und war fertig.

Seine Handbewegung über das aufgerissene Ensemble von Holz, Stroh, Mörtel und Wasserrohr ersetzte ein lautes und triumphierendes: »So!«

Zwei große haarige Spinnen räumten hastig den Lichtkegel zwischen den Sparren. Krassow erschrak, aber Zara beugte sich vor und schaute den leichtfüßig Krabbelnden interessiert nach. »Die müssen jetzt woanders bauen«, sagte sie.

In den Augen des Handwerkers blitzte etwas auf, ein freies mitfühlendes Lachen.

Zara wartete einen Moment. Dann zeigte sie auf das Loch im Boden und fragte: »Ich sollte vielleicht auch woanders bauen? Meinen Sie das?«

Glücklich nickte Krassow jetzt und machte schnell eine einschränkende Bewegung mit beiden Händen, ganz ihr zugewandt.

So konnte es gehen. So konnten sie reden.

Später war sie erstaunt, dass er Tee mochte, Zitronentee, möglichst frisch und sauer. Und nach zwei Kannen und weiteren Löchern im Wohnzimmerboden überblickte sie den Schaden und auch die notwendigen Schritte zur Behebung. Reparatur dreier Heizungsrohre, Erneuerung von zwei Stützbalken, Trocknung und Neuanstrich zweier weiterer, danach Dämmung und Lattung der aufgerissenen Flächen.

Krassow sammelte seinen Werkzeughaufen wieder ein.

Zara sah fassungslos zu. Jetzt fiel sie dem Handwerker wirklich in den Arm. »Ja, wann fangen wir an?«, rief sie.

Er schüttelte sich. Ein wenig schon so wie vor etwas Unwiderruflichem: Wir.

Er hatte gewusst, dass es darauf hinauslaufen würde. Er war und blieb der Stotterer, an dem die Drecksarbeit hängen blieb, der sich alle anderen entzogen. Kein Kollege, keine Firma im Umkreis würde sich auf dieses »Wir« einlassen. Sein Handwerkerstolz wäre damit ruiniert. Und sein Ruf auch. Diese Stiche in der Brust, die er manchmal bekam. Jetzt stand sie da an die Zimmerwand gelehnt, ihre Zehen spielten in billigen Flip-Flops vom Polenmarkt, sie hielt eine Zange fest in der Hand, mit der sie schnipp-schnapp die Luft hin und her schnitt – sie würde sofort freudig loslegen, wenn man sie ließe und ihr eine Anweisung gab …

Ruf und Stolz, dachte Krassow, mir schaut ja doch keiner zu. Die Stiche verschwanden. Es könnte sogar gemütlich werden mit der da, dachte er, und der Nachgeschmack des heißen Aufgussgetränks stieg ihm vom Magen hoch in die Kehle.

Gemütlich und angenehm, an ihr würde es nicht liegen.

»Morgen«, knurrte er. Voll verständlich. Er musste nicht mal diese umständlichen Zeitvergehens-Uhrzifferblatt-Bewegungen dazu machen, sie hatte es gehört und hingenommen.

»Morgen um acht?«, fragte sie.

Er sah so erstaunt aus und von sich selbst hingerissen, von diesem erfolgreichen Ausstoß der Luft, mit Kieferbewegung und Zungenschlag perfekt koordiniert, dass sie es endlich auch begriff. »Hey!«, rief sie, »ein kleines Wunder!«

So schnell war er da aus der Tür. Sie wusste gleich, sie hatte das Richtige getroffen, aber sich damit auch etwas breit gemacht. Es tat ihr Leid.

Krassows Werkzeug aber blieb gestapelt zurück in seiner Tasche, die hatte er dagelassen.

Bis morgen.

10.

»Ey Daggi, der Typ macht alles für sie. Auf – zu, sie ruft an, er spurt. Kann sein, er wees dit nich, aber der is ihr hörig!«

Rolle musste kichern und verschluckte sich dabei, den Oberkörper hingestreckt lag er im Schoß seiner Daggi, mit den Füßen angewinkelt gegen die Scheunenwand. Er war obenrum nackt, die Lederjacke abgeworfen am Boden, darauf kollerte der Motorradhelm, Jeans und Stiefel hatte er an. Daggi richtete sich etwas auf, was seinen Kopf in eine Schräglage brachte, die ihn ausatmen, ordentlich schlucken und sich dann wieder beruhigen ließ. Die junge Frau fuhr mit den Nägeln ihrer schlanken Finger über seinen kahlen Kopf.

Rolle zuckte. »Ey das tut weh, du!«

»Lass dir Haare wachsen, dann macht es Spaß«, flüsterte Dagmar Wiesebau. Wie eine Katze streckte der Kahlkopf sich der Bewegung entgegen.

»Und der Zaun war dann zu, sagst du?«, flüsterte seine Daggi und war so sanft im Entlangfahren, dass ihre Fingerkuppen glaubten, sie schweben.

»Der hat den zugemacht, logo«, bestätigte Rolle in einem Ton, der nach allem möglichen, nur nicht nach weiterem Interesse an diesem Thema klang.

»Sag mal, dich hat doch Kubrik direkt angeheuert? Oder etwa meine Schwester?«

»Wozu fragst'n das?«

Dagmar verstärkte ihren Druck, und die Fingerkuppen wussten wieder, wozu sie da waren.

»Die Kameradschaft hängt auch mit drin, und die geht dir nüscht an«, knurrte Rolle, »die woll'n dem alle was reinwürgen, dem Pädo, einer wie der andere ...«

»Also geht's von den Nazis aus?«

Rolle schüttelte abwehrend den Kopf: »Die Ex hat's mit Kubriken ausgemacht, janz direkt, und der hat mich denn direkt geholt, nur als Job. Ich hab's dann weitergegeben, und Kantack, als die Kameradschaft Wind davon hatte, der hat mich gerufen und dann gesagt: Ditt machste jetze in unserm Namen ... die Aktion is juut und is erst der Anfang ...«

»Warum mischt sich euer Oberfascho da ein?« Unwillkürlich drückten ihre Nägel stärker.

»Au! Deutsche Sittenstrenge. Tod den Kinderschändern. Madlen ist fuffzehn!«

»Du liebe Güte! Wie du, Rolle.«

»Ja, weeß ick. Wie ich.« Jetzt hörte er sie tief einatmen. Seine Daggi konnte manchmal sehr zärtlich sein.

Voll überraschend kam das. Er wusste gar nicht, wo er zuerst hinfühlen sollte unter dieser plötzlichen Dusche von Küssen, Umarmungen, sanftem Druck und flüsternd dahingeblasener Luft in all die Öffnungen, die er grad zur Verfügung stellte. Verdammt, warum hatte er bloß die Hose angelassen.

»Isses schön?«, flüsterte Dagmar Wiesebau.

Rolle wollte ein deutliches Ja sagen, stattdessen kam nur etwas gekeucht.

Sie beugte sich noch enger über ihn. Lachte.

»Was? Vasteh nich ...« Er sah ins Graublau dieser Augen, während ihre Zunge seinen Mund beulte und ihr Arsch sich so in seine Hände grub, dass er ihn kneten konnte und zucken und reiben dabei – auch wenn er ganz genau wusste, wie cool es gewesen wäre, jetzt abzustoppen, dieses Mädel kurz einmal wegzulegen, sich langsam seiner und ihrer Klamotten zu entledigen und dann knapp von oben zu sagen: So, Daggi, jetzt nochmal von vorn. Er sah sich in Schwarzweiß und wie als Strichmännchen gezeichnet genau das tun, quasi als leise Gegenwelt zu dem Knallbunt, in das er geraten war. In Wirklichkeit trieb er nämlich längst einem keuchenden, rasenden Ende entgegen, das er mit Aufbietung der Vernunft eben noch einmal wegzuschieben schaffte, indem er sich die dreckige, öltriefend alte Motorradmühle vorstellte, die er heute den ganzen Tag lang nicht zu reparieren geschafft hatte.

Da sagte Dagmar zart und leise und biss ihn in die Oberlippe dabei: »Der Kleinen macht das sicher so Spaß wie Dir, verstehste, mit jemand Älterem so wie mir ...«

Der Biss wirkte. Da war nichts mehr zu stoppen.

»Das ist doch ganz was anderes!« Er bäumte sich auf, gegen ihre Behauptung wie gegen die Entladung. Anschließend fühlte er sich erledigt. In Bunt und Schwarzweiß. Hätte jetzt gern etwas richtig filmmäßig Großes zu ihr gesagt. Aber damit kam man bei ihr nicht so an.

»Nein, Rolle. Das machst du dir nur vor.«

Er dachte daran, als er heimbrauste. Eine richtig starke Person, seine Daggi. Der konnte man nicht leicht gewachsen sein. Da war immer noch der Duft des Menthols, das sie rauchte, in seinen Klamotten. Die stellte auch krasse Anforderungen. Wollte zum Beispiel, dass er rauskriegte, wo dieser Pädo im Sommer beim Schwimmen sein Auto abstellt. Und besser, er würde der Kameradschaft davon nichts erzählen, das war ihm schon klar. Wenn er aber die Dinge so hinkriegte, wie es ihr gefiel, dann würde sie wieder so geil sein wie vorhin. Das war ja quasi schon versprochen. Er musste ihr bloß die paar seltsamen Wünsche erfüllen.

Er war bereit. Niemand anders. Rolle sprang auf sein Moped und fuhr los. Und obwohl die Gegend menschenleer war, kam ihm eine Unzahl von Fremden in den Kopf. Irgendwie wimmelnd.

»Scheiß-Ausländer«, rief er übermütig in den knatternden Wind.

11.

Ibo war der Schuppen noch nie so klapprig erschienen. Er legte den Kopf schief: Selbst ein so kleines Pferd sprengte hier die Wände. Er versuchte seit geraumer Zeit, das Stampfen der Hufe, das Scheuern der Haut an der Hauswand und das unglückliche Malmen der Kiefer im Maul des Tieres zu überhören. Und das Zittern im Gebälk.

Er hatte ganz freundlich sein wollen. Hatte gelacht, munter versucht, sich auf den Pferderücken zu schwingen, was ihm angesichts der Größe, knapp überm Esel, sehr einfach erschienen war. Aber da hatte das Tier sich mehrmals so schräg gedreht, dass er auf dem Boden landete.

Erd- und Hosenboden. Dann hatte er Gras gepflückt und dem Tier angeboten. Schon ärgerlicher. War vielleicht etwas langsam gewesen, als ihn die große linke Pupille in Augenschein nahm, in die er selbstvergessen hineinstarrte, lächelnd, eine Übereinstimmung ihrer Wesen suchend, gleichzeitig das Büschel Gras hinhaltend. Das linke Auge hatte geblinzelt. Die Riesenzähne traten gleichzeitig in Aktion. Seine Hand tat ihm immer noch weh.

Nach dem Biss hatte er einen Strick gesucht, eine Schlinge geknotet, das Tier belauert, bis zehn gezählt, die Schlinge über den Kopf, alles hatte geklappt, Knoten zu, wunderbar, hatte das andere Ende des Stricks um einen Pfosten geschlungen und festgebunden.

Ganz fest. Angepflockt nannte man das wohl. Wie ein Cowboy kam er sich vor. Sprang gerade noch weg von den Hufen, die auf seine Füße zustampften. Und ignorierte jetzt, wie straff sich der Strick um den kurzen Hals wand und drückte. Tränende Riesenaugen, ein Universum aus Schmerz.

Es hätte anders kommen sollen, dachte er, aber dazu gehörten zwei. Er war ein Pferdebezwinger, das immerhin stand jetzt fest. Der es kaum ertrug, wie das Tier aufwieherte. Laut und erbarmenswert. Immer wieder.

Ibo hatte ihm Heu hingeworfen. Das fraß das Tier nicht. Vielleicht reichte der Kopf auch nicht ganz nach unten, so fest war der Strick gebunden. Aber er wagte nicht, das jetzt noch zu korrigieren.

Das Tier wieherte wieder. Ibo zog den eigenen Kopf zwischen die Schultern und schaute einfach nicht mehr hin. Das hast du davon, erklärte er. Gegenfrage: Wovon denn? Ein Cowboy würde so nicht mit sich reden. Die Gedanken standen nie still. Das war alles Arbeit, die er doch eigentlich meiden wollte. Wenn bloß die Nachbarn nichts hörten. Sei bitte still, sei nicht wie meine Gedanken, wisperte er mit schiefem Kopf in ein lappiges Ohr, so schief, als wäre auch der eigene angepflockt.

Manche Nachbarn lehnten wahrscheinlich schon aus den Fenstern und würden bei nächster Gelegenheit reinschneien. Mit dieser vorgeschobenen Lässigkeit in den Gesichtern, die von einem Moment zum nächsten wie weggeblasen sein konnte.

»Is' ja stockheiß heut' da draußen, deshalb komm ick mal reinjeschneit …« Mit trockener Zunge fuhr Ibo sich über die ebenso trockenen Lippen: Wasser, natürlich, Wasser brauchte das Tier! Schon wollte er losrennen. Von draußen Motorengeräusch. Jemand parkte und schmiss die Tür.

Als hätte dieser Nachfahre eines Przewalski-Pferdes, der Spross jener wertvollen Rasse, die zu züchten der Nationalparkverein vor ein paar Monaten beschlossen hatte, den Impuls des ängstlichen, ungeschickt lavierenden Menschenwesens genau verfolgt, nämlich, dass endlich Wasser gereicht werden sollte, lechzte jetzt das Tier, und zwar herzerweichend. Das klang noch abscheulicher als das Wiehern.

Hör doch bitte auf, rief Ibo und dachte gleichzeitig wieder: Das hast du davon, Schluss, emotionaler Erpresser!

Draußen wurde geklopft. Dann geklingelt. Und immer noch blieb er untätig, so, als könnte die Zeit ausgerechnet an diesem unglücklichen Punkt des Übergangs, der von zwei Seiten an ihm zerrte, stillstehen.

Das Tier stand genau wie er angewurzelt und zitternd. Erst als das wiederholte Poltern an der vorderen Tür so klang, als flöge sie aus den Angeln, und hinten am Schüppchen das Tier sich mit wieherndem Aufschrei zu winden anfing und Schweiß in die Gegend spritzte, raste er ins Haus, griff sich die größte der drei Salatschüsseln, hielt sie unters Wasser, bis es überlief, öffnete mit dem freien Arm die vibrierende Tür, raste zurück, das schwappende Nass vor sich her und es dem Pferd auf den Boden geknallt, so dass die Hälfte gleich wegschwappte, drehte sich, war sich inzwischen ganz sicher, sein Nachbar Uli, zurück aus der ›Fröhlichen Kurve‹, stünde im Flur und würde gleich glatzig und rauchgetränkt etwas reimen.

Aber stattdessen war da ein Haufen buntscheckiger Stoffe. Ineinander gehängt im Lagenlook, überwiegend rötlich, kam der Stoffberg näher. Aus den Rundungen erriet er eine Frau, blond, mit Sonnenbrille, einen ledernen Beutel in der Hand, aus dem ein Taschentelefon gezogen und so eilig vor das fremde Gesicht gehalten wurde, dass Ibo den Bewegungen verspätet folgte. Dann blitzte es – und der empörte Ausdruck auf seinem Gesicht kam ein Sekündchen zu spät.

»Na, na, na«, brummte er, es sollte drohend klingen. Ihm war schlecht.

»Da, da, da, ich wollte als erstes ein Foto vom Pferdedieb haben«, antwortete der Mund der bunten Frau.

Jetzt musste er zu seiner eigenen Verblüffung lachen. Sie löste das irgendwie aus.

»Sie entschuldigen schon«, sagte er zu dem Stoffberg, »aber nehmen Sie ruhig Platz. Wenn Sie mein Pferdchen begutachten möchten.«

»Woher haben Sie's denn?« Die Handyfotografin warf eine Schicht rötliches Tuch ab und wischte sich über die Stirn.

»Ist mir zugelaufen.«

»Und jetzt wollen Sie's ausdörren, zu Biofleisch?« Die Fragende stand jetzt im knielangen, hellroten Trägerkleid vor ihm. So wirkte sie beinah schlank, dezent mit Metall geschmückt an Armen und am Hals, und ihr schmaler Zeigefinger wies auf ein leises Drama, das sich am Hinterausgang der Stube abspielte. Dort mühte sich das Pferd, im Dreck seiner Auslassungen Reste des lockenden Nass zu ergattern. Die Salatschüssel kollerte immer wieder ein Stück weiter weg von den Nüstern. Das Tier wand sich unter dem Strick, mit langer Zunge schnorchelnd.

»Tierquäler?«, fragte die Dame.

»Überforderter«, gab Ibo zu.

»Nicht jeder muss alles können«, sagte sie freundlich, ging die paar Schritte, machte mit wenigen Handgriffen den Kopf des Przewalskis frei, liebkoste es, flüsterte was in das lappige Ohr.

Die elegante Erscheinung in der Schäbigkeit seiner Hütte, im Tierkot! Ibo konnte nicht aufhören sie anzustarren. Sehr geschickt umging sie mit ihren Pumps jeden Dreckklumpen. Dann schwenkte sie die leere Salatschüssel.

Ibo schaltete nicht.

»Wo hat der Räuber sein Wasser?«, fragte sie weich.

Er wies hinter sich, wo das Bad war. Flink wehte es hellrot an ihm vorbei, rauschte der Wasserhahn auf, kam sie mit voller Schüssel zurück, hockte sich vor das Pferdchen, das die ganze Zeit mit stummem Vorwurf zu Ibo aufgeschaut hatte und jetzt triumphierend, im Stolz des endlich Behüteten den Kopf zur Tränke senkte. Dann soff es.

»Ich bin Lena«, sagte die Lady, wischte sich die Hände am Rock ab und hielt ihm ihre gepflegte Rechte hin. »Von mir aus ›du‹.«

»Ich hab nichts gestohlen«, sagte Ibo.

»Soll ich dich so nennen?« grinste sie.

12.

»Es ist natürlich Aufgabe der Polizei, das zu verifizieren – ich kann ja nur vermuten.« Friedhelm Benzler war selbst nicht zufrieden mit dem Satz. Die Damen vom Kulturverein, die im Museum zusammengekommen waren, starrten auf ihre Kuchenteller.

Marlies Rogacki, die Frau vom Getränkeshop, bemerkte: »Wieder richtig gelungen, Lies. Diese leichte Creme, wie kriegst du die immer hin?«

Lieselott Kubrik strahlte. Aber gleich wurde ihr Gesicht wieder faltig, als die Freundin fortfuhr: »Mit den Löckchen, das hat die Neue im Salon nicht so ganz raus, stimmt's, wie heißt sie gleich, die Friseuse?«

»War in Polen beim Friseur diesmal«, kam es klotzig zur Antwort.

»Du in Polen? Das glaubst du selber nicht!«

Jetzt mussten beide lachen.

Die Geschichte mit den verschwundenen Pferdchen und Benzlers bösem Verdacht war dadurch schon fast aus dem Raum.

Aber der Lehrer ließ noch nicht locker.

»Es sind ja einige schon wieder da«, gab er säuerlich zu, »und bei den anderen weiß ich, wo ... Aber Ordnung muss trotzdem sein. Sowas müsste der Staat doch verfolgen!«

Staat war hier immer gut, wusste Benzler, und verfolgen auf jeden Fall besser als verifizieren. Er legte nochmal nach: »Schlimm, die Verbrechensquote in unserer schönen Heimat. Bis hin zu Gewalttaten, gerade hier an der Grenze. Wo leben wir denn, wenn so einfach die Zäune zerschnitten werden können, die Ordnung verfällt und die Werte verkommen?«

Etwas zu heftig vielleicht.

Die Damen waren auch gleich wieder mit ihren Nasen bei Kaffee und Kuchen. Mit der Ordnung, damit sollte er besser nicht allzu laut anfangen, warnte ihn eine innere Stimme, einige hatten ihn neulich mit Madlen in den Flussauen gesehen. Madlen, sweet sixteen, once again. Sie war nicht seine Schülerin, sie lernte Automechaniker. Aber dieser ekelhafte Hund, der sie beide angeschnappt hatte und den sie am Schleusendamm kaum hatten beruhigen können, der war kein Zufall gewesen. Den hatte jemand auf sie gehetzt.

»Wir leben gefährlich hier, alle miteinander«, fasste er seine Gedanken zusammen. Hob die mächtigen Augenbrauen, schaute in die Runde. In der Schule wirkte das manchmal.

Die Damen blickten hoch zu ihm und nickten. Na also. Man goss heißes Wasser auf Kaffeesud, und ein neuer Kuchen wurde angeschnitten. Stachelbeere auf Backmischung mit viel Gelee. Nur der Lehrer tat, als führe er etwas Leckeres zu Munde mit ah und oh. Lieselott fragte süffisant: »Ein Stückchen noch? Er muss doch groß und stark werden ...«

Benzler schaute kokett an sich runter, zierte sich und nahm.

Was für ein Windhund, dachte Lieselott, mit seiner »schönen Heimat« und den Augen auf den Mädels. Dann reichte sie die Infozettel herum, die sie heute früh mit Hilfe von Mann und Nachbar aus dem Internet gezogen, gedruckt und kopiert hatte, betreffend den Wortkünstler, von dem sie sich ihren ersten Vereinsabend gestaltet eigentlich ganz gut vorstellen konnte.

Manche lasen, andere legten das Papier gleich beiseite.

»Ja, beeindruckend«, rief Benzler, »der hat an Filmen mitgeschrieben und war im Fernsehen ...« Seine Versuche, gegen die Agrargenossenschaft zu ätzen, mussten warten, jetzt war es erst einmal nötig, dass sie sich über etwas einigten, wegen des Gruppengefühls.

»Braucht jemand noch Informationen zum Künstler?«, rief er auffordernd in die Runde, »der Mann kann erzählen, lustig lesen, sogar auch Gitarre spielen – hoffentlich ist er nicht zu teuer für uns ...« Seine Stimme wurde übermütig, er schwenkte den Zettel, schob ihn Marlies zu, die ihren gerade zum Schiffchen gefaltet hatte, zeigte auf eine fettgedruckte Stelle links unten, »man kann sich das auch im www anschauen, sollte man tun – aber ich finde, wenn keine Gegenstimmen oder andere Vorschläge kommen, von mir aus könnten wir abstimmen ...«

»Die LPGler waren es jedenfalls nicht«, erklärte da sehr laut und entschieden Hanne Perl. Sie schob ihren Kuchenteller von sich. Als würde sie aufstehen wollen.

Sie war mit Ende Vierzig die Jüngste im Kreis und seit Jahren liiert mit der Schwester vom Chef der Agrargenossenschaft, wie alle wussten, mit Sylvie Morgentau.

Benzler knickte im Hüftraum ein – plötzlich still.

Hanne blieb sitzen und schaute ihm geradewegs ins Auge. Er hatte nur eines auf, das andere verbarg er unter der Braue, um auf diese nervöse Art eine aufsteigende Wut abzubiegen.

»Es ist unfair, heimtückisch und dumm, das zu glauben«, fuhr Hanne fort, »die wären ja dämlich, wenn sie sich so in Schuld bringen würden.«

Das dachten jetzt alle im Raum außer Benzler, es war zu spüren.

»Wenn eine weiß, wie die ticken da auf dem Hügel, dann du«, sagte Marlies zu Hanne. Und dass sich die Agrargenossenschaft elend plagen musste, um irgendwie über die Runden zu kommen, war allen bekannt.

Übrigens, auch wenn die Wenigsten das Zusammenleben von Sylvie und Hanne billigten, hatten die beiden es hingekriegt, dass man ihrer Lebensform Achtung zollte. Auch, weil beide Familien schon lange zum Dorf dazugehörten. Auf Freundschaft waren sie nicht aus.

Benzlers zweites Auge ging wieder auf. Wut verrauscht. Er konnte es sich nicht verkneifen, die Angreiferin kurz anzublinzeln. So verrannt er sich manchmal in Verdachtsmomente und Verschwörungen steigerte, eins fiel ihm leicht: Flink eine Abkürzung nehmen, eine schwankende Brücke nutzen, ungewöhnliche Bande anspielen.

Hing beiden nicht der Ruch von Wildheit an? Mädchenbezauberer, das waren sie doch, Hanne wie er. Verschwörerisch blinzelte er, knapp und nicht aufdringlich. Gelang ihm prima, wie er selber fand.

Hanne grinste zurück. Sie dachte an diese Madlen, hatte er gut rausgepickt, das musste sie ihm lassen. Dachte es und wischte es gleich wieder weg, wie sie mit dem Schwamm manchmal einen Kreidesatz weggewischt hatte, den andere schrieben damals in der Dorfschule.

»Die Polizei muss es klären«, variierte Benzler einen seiner alten Sätze.

»Ich dachte, verifizieren«, seufzte Lieselott, »aber bis das passiert, könn' wir eigentlich abstimmen, finde ich!«

Mit einer Gegenstimme wurde dann Ibo John in offener Wahl zum ersten künstlerischen Gast des Kulturvereins Grünmantel bestimmt, der mögliche Termin des Eröffnungsabends auf Freitag, den achtzehnten Oktober festgelegt und Lieselott Kubrik damit beauftragt, dem Künstler dies mitzuteilen und ihn bei möglichst niedriger Gage zu engagieren.

13.

Der gelbe Käfer zog seinen Weg hoch zur Korianderblüte. Mit der aufgesetzten Nahlinse sah Zara seine haarigen Beinchen in Makro, blitzschneller Gleichschritt, drei links, drei rechts. Das Wesen hätte mit seinem leuchtenden Panzer auch eine Kohorte sein können, zusammengeschweißtes Kampfkollektiv. Vielleicht war es so entstanden, in Entwicklungsschüben, die dann zu solch einem Körper geführt hatten. Vielleicht waren das vorher jahrtausendelang Einzelne gewesen, ein Sechstel so groß und immer gleich krepiert nach ihrer hastigen Vermehrung, hilflos rumhoppelnd, bis sie sich endlich in die Verquickung gefunden hatten, ins Gemeinsame eines Ungetüms. Wehrhaft und leicht zugleich, wandlungsfähig, so sah das jetzt aus. Zum Überleben geschaffen.

Wenn sie sich anders hinhockte, dann erschien ihr das Wesen als Flugobjekt, Forschungskapsel, abgestiegen aus seiner normalen Umgebung, der Exosphäre – hier auf der Kruste eines noch unbekannten Planeten, die es mit vielfältigem Instrumentarium vermaß und prüfte. Antennen fuhren aus, Knopfleuchten, schwarz und mit Sehkraft versehen, schraubten sich vor und rasterten das Gelände ab – oben angelangt, geradezu zierlich die sechs Beinchen zusammenstauchend, senkte das Vorderteil, die Messstation sich in den Kelch der Blüte. Wand sich im Koriander. Wendete dabei Testmethoden an, um die Anteile nutzloser und nahrhafter Stoffe zu bestimmen und anschließend alles, was gut war, in sich aufzunehmen und zu verwerten.

Leben war Nahrung haben.

Zara schaute vom Garten zum Haus. Noch rührte sich nichts. Aus der Dachluke ragten ein paar Drähte, vielleicht war er da zugange? Sie hatte sich vorgenommen, Krassow weder mit Fragen zu löchern noch andauernd bei ihm zu sein, wenn er da rumfuhrwerkte. Und vielleicht wirklich das installierte, was er versprochen hatte: schnelles Internet. Sie wagte kaum, das zu glauben.

Sieben lange Jahre hatte sie sich rumgeärgert mit Postmodems und langsamstem Edge auf dem Handy. Vor ein paar Tagen, als sie Bananen schälten und Tee tranken an dem Stapel aus morschem Holz auf dem Wohnzimmerboden beim Kellerloch, da hatte er plötzlich auf ihren Laptop gezeigt, die Lippen gespitzt, als wenn er pfeifen wollte, und die drei Buchstaben deutlich gesprochen: LTE. Sie hatte an einen Eisenbahnzug gedacht, ICE oder so, und erst geglaubt, er wolle verreisen.

»Was«, hatte sie halb im Scherz gerufen, »und der Dreck hier? Nichts ist fertig, Karl, Sie können jetzt nicht weg!«

Er hatte abgewiegelt, sich genussvoll gefreut über das Missverständnis – was auch sie wieder freute –, war mit der Hand rasend schnell durch die Luft gefahren, hatte ohne Pfeifmaul wiederholt: LTE, und dann zu Erklärungen angesetzt, die ihm jedoch so gründlich misslangen, dass er wütend den Akkubohrer angeworfen hatte, unter dessen Lärm direkt in den Keller gesprungen und eine ganze Stunde da unten geblieben war.

Am nächsten Tag brachte er den Vertrag eines Mobilfunkanbieters mit, den Zara unterschrieb »unter Vorbehalt«. Sie hatte versucht, nach der Abkürzung zu googeln und nur verstanden, dass es dieses kabellose Internet hier in der Gegend gar nicht geben durfte, weil die Grenze zu Polen zu nah war. Einen Tag später hatte Krassow zwei Antennen angeschleppt und an die Bodentreppe gelehnt. Ein paar Tage danach war das Paket mit dem Modem eingetroffen, und Zara legte es bei den Antennen ab. Sollte er machen, sie hatte keine Ahnung.

Auch wie das Insekt da in der Blüte hieß, das wusste sie nicht. Vielleicht würde sie in einer Stunde in rasender Schnelligkeit danach googeln können. Oder bei Facebook herumfragen, wie damals in Berlin. Falls ihr die Fotos gelangen. Mindestens zwanzig hatte sie gemacht, immer drei verschiedene Belichtungen von einem Motiv.

Wir leben mit so viel Zeugs, dachte Zara. Dieser Käfer hat alles, was er braucht, bei sich.

Sie richtete sich auf. Am Haus tat sich nichts, doch hörte sie ihren Handwerker pfeifen. Ihr Herz schlug schneller. Sie stand da in Stiefeln, gestreiftem langem Rock und bunter Weste, selbst genäht, ein bisschen zu herausgeputzt für die Gartenarbeit, die aber heute, wenn sie ganz ehrlich war, eher einer Safari glich, Fotosafari.

»Is' ja mehr Unkraut, das«, hörte sie eine brüchige Stimme hinter der Hecke. Die alte Frau Perl stand am anderen Ende des Zauns und nickte rüber.

»Der Koriander da?« fragte Zara. Sie wollte nicht wirken, als wäre sie gestört worden, doch Verstellung gelang ihr nun mal kaum.

»Ja, das Zeugs eben«, winkte Frau Perl ab. Sie hatte Stachelbeeren gepflückt und für Zara ein Tässchen mit, das hob sie jetzt übern Zaun. »Woll'n Se?«

Zara lief hin, beugte sich vor und ertappte sich dabei, wie sie fast einen Knicks machte. Weshalb sie am Zaun extra steif einhielt, eine Beere kostete und dann sagte: »Wissen Sie, Frau Perl, was das Unkraut angeht, das sieht man alle paar Jahre mal anders. Rauke zum Beispiel vemehrt sich rasend schnell ohne Gärtner, wie Unkraut, und war trotzdem als Rucola eine Weile lang Luxusfutter in den Edelrestaurants.«

»In Berlin?«, fragte Frau Perl angewidert.

»Nicht nur da. Doppelt so teuer wie grüner Salat, die Portionen nur halb so groß.«

»In Berlin also.«

»Und der Koriander hier«, Zara zeigte hinter sich, »früher trank man Tee davon, wenn man Blähungen hatte oder keinen Appetit, das wissen Sie vielleicht noch …«

»Watt denn nu«, grinste Frau Perl, »Blähung, Appetit, alles zusamm'? – Aber Sie ha'm Recht, meene Mutter hat den noch gebrüht.«

»Und ihre Tochter vielleicht auch wieder.«

»Ach, meene Tochter«, winkte Frau Perl ab.

Zara stand etwas ratlos da. Hätte nichts dagegen gehabt, das Gespräch jetzt zu beenden.

»Watt ick ma' saren wollte«, rang sich Frau Perl mit ihrer brüchigen Stimme ab, »Sie ha'm das Haus ja von Melchown.« Sie stockte.

Zara reagierte nicht. Es war ja auch nichts gefragt worden.

»Watt ick saren wollte …«, wiederholte Frau Perl und schaute von den Häusern weg zu den Enden der Gärten.

Zara wusste plötzlich, was kommen würde. Sah sich hier stehen, an gleicher Stelle, an dem damals schon brüchigen Zaun, frisch nach dem Einzug vor sieben Jahren, ein gefülltes Glas Sekt in einer Hand, ein unbenutztes in der anderen und unterm Arm eingeklemmt die Sektflasche. Auf der anderen Zaunseite diese damals schon grauhaarige kleine Frau mit der Kassenbrille, Hängebusen, dem Arbeitsrock und ein paar hellen Stoppeln auf Oberlippe und Kinn. Von weit weg der Ruf von Zaras Partner: »Kommst du, was machst du da draußen noch?« Wie die Alte bedächtig genickt und trotzdem abgewehrt hatte, ihr Glas nicht gefüllt haben wollte, mit genau der gleichen brüchigen Stimme sagte: »Sie sind ja neu hier, Sie könn's nich wissen …« Zara hatte ihr Glas damals in einem Schluck geleert, die Utensilien abgestellt, sich eine angezündet und damit Frau Perl die Gelegenheit gegeben, endlich zur Sache zu kommen: »Der Grenzstein«, hatte die dann geflüstert, »der steht falsch. Den hat er eigenmächtig verschoben.« Es folgte eine Pause.

Die Pause war jetzt.

»Melchow?« fragte Zara.

»Bally. Der alte Melchow.« Frau Perl sprach den Namen mit Abscheu aus, wie damals, zugleich mit Ehrerbietung und mit Bedauern, dass sie diese junge Frau aus der Stadt da mit reinziehen musste. Aber es ging nicht anders.

»Ein Meter mindestens«, beschrieb sie mit den Armen und folgte dem eigenen Blick ans Ende des Zauns, wo die Grundstücke an eine Mauer stießen und ein gemeinsam gehaltener Komposthaufen alles verdeckte, »ja, bestimmt.«

Zara schaute ihr nach. Rief ihr das Gleiche zu wie vor sieben Jahren:

»Melchow? Ist der nicht lange tot?«

Wildgänse schrappten über die Dächer und Gärten vom Fluss nach Westen hin. Sie krakten sich etwas zu. Beide Frauen schauten hoch.

Zara dachte: Wie geht man mit falsch gesetzten Grenzsteinen um?

Die alte Frau Perl nickte vage rüber und sagte: »Tot. Ja, das schon.« Dann schien sie die Sache vergessen zu haben. Zupfte ein bisschen Unkraut vom Rhabarber.

Sollten wir besser jetzt klären, dachte Zara. Und plötzlich mit einer Deutlichkeit, die sie selber erschreckte: Ob wir in sieben Jahren noch da sind? Dann hörte sie vom Haus her einen Jubelschrei. Mit hüpfendem Herzen widmete sie sich dem Koriander. Noch nicht gleich hinrennen, befahl sie sich.

Der gelbe Käfer war in Gefahr. Zwei Ameisen hatten ihn in der Zange – kleiner, doch angstlos und giftbewehrt waren sie dabei, den schreiend farbigen Gegner lebendig auszuweiden. Mit seinen haarigen Beinchen unkontrolliert zappelnd – oder die Ruder verzweifelt schwenkend, wenn es ein Forschungsschiff sein sollte –, so schwankte und zuckte das Tier in der Blüte. Während die Gegner den kunstvollen Bau schon zerlegten, sein Eigenes, ihn durchmaßen und darin suchten, was ihnen guttat, sie stärkte und mächtiger werden ließ.

Leben hieß Nahrung sein.

Baut sich auf und zerfällt, immer wieder, in Wellen, dachte Zara. Ob die schnellen Wellen das Haus schon erreichten? Ob die heutigen Ameisen eigentlich klüger waren als die ihrer Kindheit? Sieht man sie demnächst mit Waffen rumrennen? Wie diese Freischärler in den Abendnachrichten?

Sie musste das unbedingt fotografieren. Fast lautlos legte sie alles griffbereit, steckte die Kamera ans Stativ, kniff ein Auge zu, schraubte, bis die Szene dicht vor ihr stand, nochmal den Winkel verändert, Schärfe dazu, noch lebte der gelbe Koloss, schienen die Ausschlachter auf ihm zu tanzen, gemästet, aber noch vor der Anstrengung des Transports, denn sie würden den Riesen ja auch ihrem Volk präsentieren. Das genau musste sie kriegen, sie drückte ab …

Und die fremde Hand auf der Schulter war sehr vorsichtig, sie bemerkte sie kaum, sprang überrascht hoch, dachte noch, jetzt ist der Kamerawinkel verschoben.

Sie hatte Krassow erwartet. Schaute auf den viel kleineren Mann böse runter.

Manchmal konnte sie es genießen, dass sie so groß war. Und es den alten Kubrik jetzt spüren lassen.

Er zog ein Pferdchen hinter sich her und zeigte ihr sein verschmitztes Schmunzeln, das ihm diesmal zu nichts weiter nutzte, als dass sie kopfschüttelnd sein Mitbringsel taxierte, das sie allmählich erkannte, als ihre Augen sich wieder ans Weite gewöhnten.

»Ich dachte, ich frag mal, eins von den Pferdchen, den freilaufenden, wissen'Se noch, den' am Zaun? Ob ich's hier unterstellen könnt'? Für'n paar Tage?«

»Aus den Tomaten raus«, befahl Zara mit ernstem Gesicht, »weg vom Beet mit den Hufen, ganz schnell.«

Kubrik machte dem Pferdchen ein Zeichen. Dann öffnete er seine Arme, legte den Kopf schief und knurrte: »Voilá.«

Damit kam er nicht an. Zara machte es kurz. »Kein Bedarf. Heute jedenfalls nicht.«

Dann lief sie nach vorne zum Haus, ließ die Kamera auf dem Stativ zurück, die tanzenden Ameisen, das zerborstene Forschungsschiff, ihre Pflanzen, die verwirrte alte Frau Perl, den drängenden Pferdehalter samt Mitbringsel, rief ihnen allen über die Schulter noch ein »leider« zu, das ziemlich fröhlich klang.

Endlich den Zugang testen! Geschwindigkeit!

Krassow auf der Veranda mit offenem Laptop wiegte sich in den Hüften. Zara beugte sich zu ihm: Rasend schnell bauten die Seiten sich auf.

»Wie heißt das Passwort«, keuchte sie und hatte ihr eigenes Gerät gleich am Start.

15.

Der Ladenvorplatz im Sommer war manchmal ein kleiner Markt. Asiatische Ramschhändler bauten Stände auf, eine Feldküche bot Soljanka, Marlies Rogacki vom Getränkeshop schob die Kühlbox mit Eis, Limonade und Bier nach draußen, und wenn Zeit war, hockte man auf den Betonabfallschalen oder stand breitbeinig um die Hockenden herum.

Zeit war oft.

Der Eingang zum Supermarkt war an jenem Montag mit den grasgrünen Luftballons einer regionalen Post-Konkurrenz behängt, die darauf aufmerksam machte, dass Briefe und Karten hier für zehn Cent weniger als vom DP-Unternehmen befördert würden, genau von heute an, allerdings nur in den PLZ-Bereichen Null, Eins und Neun.

»Gelten bei denen denn die gleichen Zahlen, sind die nicht Postmonopol?«, fragte Fritz Theurich superschlau und krempelte sich die Hemdsärmel hoch. Er war ein dorfbekannter Vielzeitbesitzer. Auf seinen Unterarmen kamen zwei Schlangen am Baumstamm zum Vorschein, und wenn er die Muskeln rollen ließ, züngelten sie sich zu.

»Zahlen sind immer gleich«, knurrte der Küster Großer mit krauser Stirn und nahm einen Schwarzbierschluck. Ab Sieben hätte er die Mauer vom Friedhof weißen sollen, aber bei dem Wetter ...

Theurich schüttelte langsam den Kopf. »Was du nicht sagst.« Penibelst hochdeutsch. Dann lachte er auf und zeigte zum Fahrradständer, wo sich ein hagerer Grauer im Blaumann beim Versuch, das Hinterrad mit einem Kabelschloss an der Mittelstange anzuschließen, mit seiner weiten Hose in der Fahrradkette verhakt hatte. Weil er so groß war, kam er jetzt nur gebückt damit voran, zurückzudrehen, den Stoff wieder auszulösen und dabei sein Fahrrad so zu balancieren, dass es nicht umfiel und er gleich mit.

»Öupp öupp öupp«, höhnte Großer leise.

»Lass ett!«, flüsterte Theurich scharf.

Dann grinsten beide, nickten sich zu, nahmen jeder einen Schluck und sprachen so laut und mit so tiefen Stimmen, als wären es Zeilen eines Gebets: »Mach es. Um zu wissen, wie es ist.« Ein O2-Jingle aus dem Fernsehen.

Der hagere Graue fixierte jetzt die Trinker. Grüßte kurz. Als keine Antwort kam, blieb er einen Augenblick unschlüssig und ging dann auf den Laden zu.

»Krassow!« Theurichs Stimme traf den Blaumannträger, als die Schiebetür hinter ihm schon fast zu war. Bloß nicht umdrehen, dachte der Gerufene. »Komm doch mal!«

Das klang jetzt scheinbar bittend und zugleich so spöttisch, so überzeugt von der Feigheit des anderen, dass der die Anmache einfach nicht überhören konnte.

Lass es bloß abgleiten, sagte er sich. Dann ging er langsam zurück.

»Schwindelfrei biste ja«, lachte Theurich, und Großer streckte ihm seine Hand hin. »Tach oock«, murmelte er, »roochste watt?«

Krassow lehnte die Zigarette ab. Sah fragend auf Theurich.

»Haste Tiewie gelegt bei der Jungschen ...«

»... Bulette?«, fügte Großer hinzu.

Tiewie – Krassow sah die Buchstabenfolge deutlich vor Augen, TV. Schüttelte den Kopf.

»Ihr's Telefon gefixt«, bot Theurich an und Großer kicherte dazu. »Hoch auf dem Dach juchhee von Melchows Haus, lieber Mann …«

Theurich kratzte seinen halbkahlen, gräulich ausgefransten Hinterkopf.

»Willst'n Schluck«, fragte er dann unvermittelt und hielt Krassow die Bockbierflasche hin, halb getrunken, halbwarm, von der Unruhe im Arm ihres Halters der sprudelnden Kohlensäure fast ganz beraubt.

Krassow krümmte sich. Nur jetzt den Kopf schütteln, dachte er. Aber formte unwillkürlich zugleich dieses »Danke nein«, das nie so klingen würde, er wusste es, während er es vorbrachte, aber es war eine Art von Stolz, die ihn trotzdem sprechen ließ – seine Art, stolz zu sein, das wusste er auch.

»Was??«, riefen Theurich und Großer aus einem Mund.

»LLLtöupp«, keuchte Krassow.

»Allet klar«, sagte Theurich und legte ihm den Arm um die Schulter. Er musste sich etwas aufrichten dafür, denn er war kleiner als der Stotterer.

Kleiner auch als die Zara, meine Zara, dachte Karl Krassow.

»LTE«, sagte er dann schnell und schüttelte Theurichs Pranke ab, die angefangen hatte, ihn zu massieren.

»LTE«, wiederholte er. Es ging leicht.

»Ditt jibts doch nich«, stotterte Theurich und meinte damit vielleicht auch die klare Antwort, »ditt bieten die hier doch nich an …«

Beide schauten zu Krassow, als hätte der vielleicht etwas anderes mit diesen Silben gemeint. Als hätte er rein zufällig mit seiner flatternden Zunge einen Zusammenhang angestoßen, dem man nur Sinn unterlegte, wenn man es so wollte.

Nee – war genau so gemeint, nickte Krassow. Die Ungläubigen schluckten und schämten sich.

»Du legst die rinn, watt?«, rief Großer, und Theurich bellte dazu, als er begriff, was gemeint war: Dass Krassow sich dieses LTE nahm wie andere Strom. Den Saft abklemmte oder so. Ein staunendes Lachen ergriff ihn, ein Keuchen, das ihn an Flachs, seinen Hovawart erinnerte, der längst Geschichte war wie eigentlich alles von der großen Familie, die Theurich einst mit der Welt verband, Frau, Beruf, Kinder, Enkelchen und die Gewerkschaft – alles fort, bis auf Rolle, den Jüngsten.

»Hier jibt's LTE, die senden ditt und sagen uns nüscht davon – ha'm wir doch richtig verstanden, wa, Krassow, ditt haste gesagt ...« Großer und Theurich schauten jetzt zu ihm hoch.

Er nickte ihnen begeistert zu. Übervoll von Tatsachen, Zusammenhängen und Rückschlüssen waren sein Kopf und sein Gemüt, auch die Zunge, auf der er sein Herz gern getragen hätte. Abstruse Geschichten hätte er erzählen können über die missgeleitete Versorgung des Ortes mit schnellem Internet, etwas, das die meisten hier kaum, ihn jedoch seit Jahren fanatisch bewegte. Aber er wusste und fühlte, dass er besser schwieg, wenn er die Bewunderung der Anderen nicht gleich wieder los sein wollte. LTE auszustoßen war gelungen, das Weitere würde Blamage sein.

»Woher hast Du's jewusst«, bohrte Großer, »meine Kinder bringen mich um, wenn ich nix sag' davon«, er lachte in die entgeisterten Gesichter, denn allen war seine Familiengeschichte bekannt, nämlich dass Frau und Kinder schon vor Jahren vor ihm geflohen waren.

»Und nicht mal Rolle weeß et«, setzte Theurich diesen Gedanken auf seine Art fort, »der ist doch sonst vorneweg.«

»Andersrum: Watt soll ick mit Internet?«, dachte Großer laut, »wenn ick Bedürfnisse hab, wa, dann fahr ick rüber. Zur Solidarność.«

Krassow drehte sich entschlossen weg. Dummgeschwätz und Idiotenwitz hatten ihn schon als Kind abgestoßen. Wo technisch-industrieller Fortschritt immerhin noch als Beigabe des Marxismus-Leninismus gehandelt wurde und die Grenze zum Nachbarland fast so streng bewacht, wie später die Außengrenze dieser EU.

Polackenpack hatten sie damals gesagt. Mit ihm nicht, weder damals noch heute. Und seit er Zeit mit der Zara verbrachte, noch viel weniger.

»Krassow!«, rief Theurich jetzt wirklich bittend, »wollt' dir nur noch was fragen zur Installation ...«

Aber die Schiebetür war schon zu, der Blaumann drinnen im Laden. Pferdehufe trappelten an der Feldküche vorbei. Theurich und Großer grinsten sich an und zuckten die Schultern.

»Mach es. Um zu wissen, wie es ist«, schnurrten sie dann und nahmen den nächsten Schluck.

16.

Warum hatte er sie nicht gleich rausgeworfen? Das fragte sich Ibo oft. Kam ihm vor wie ein anderes Leben, seitdem sie da war, Dame in Rot, dabei waren nur ein paar Tage vergangen, war doch nur so ein Wirbelwind eingedrungen, Lebensgewohnheiten und Gegenstände in seinem Häuschen vom Platz geweht, raus in das Schüppchen draußen, getrieben von Sturmböen zur schnellstmöglichen Verwandlung, zum praktischsten Umbau, Möbel an andere Orte und Teppiche, Bilder, Klangquellen, alles im Schwung des häuslichen Tornados. Bis es so stand, dass sie es Wohnlichkeit nannte. Oder sogar Gemütlichkeit.

Lena. In seinem Haus. Und er genoss es.

Genoss sogar, dazustehen und sich selbst dabei zuzusehen, wie er das genoss, was er doch eigentlich hatte für immer ausschließen wollen, als er hierher geflohen war.

Aus dem Fiasko.

Natürlich hatten die Nächte damit zu tun. Die sie auch in die Tage zog. Denn keineswegs wurde hier dauernd geräumt und gewienert – nur zwischendurch. Von Im-Vorbeigehen-Küssen unterbrochen, den kleinen Echos der anderen, vulkanösen.

Er fand sich sagenhaft albern, wenn ihm solche Worte in den Sinn kamen. Aber es machte auch sagenhaft glücklich, was zwischen Lena und ihm passierte. Die dann vielleicht gerade rief, ob's okay wär, wenn das olle Sofa vor seinem Fernseher raus könnte und stattdessen morgen mal beim Dänischen Bettenlager zwei schicke Ottomanen ... – und vielleicht auch gleich ein neuer Flachbildschirm, was er davon denn hielte, er arbeite doch fürs Fernsehen, habe sie jedenfalls gehört, ob er da nicht immer auf dem neuesten Stand ...

Dann stand sie vor ihm, noch vom späten Aufstehen ganz wuschig, kratzte sich am Knie, stellte sich auf die Zehen, bis ihre Lippen seine Geheimratsecken erreichten.

»Fass doch mal kurz mit an ...«, schon stand das Teil im Hof draußen. Es regnete nicht, man hätte es jederzeit wieder reinbugsieren können – aber nie mehr er allein.

Nur zu zweit, soweit war es gekommen. Das dachte er, als er leise die Holztür schloss, von der der Lack abblätterte, was so bleiben sollte, die quietschte und klemmte, was ihm gut gefiel, und durch deren Zierglasscheibe ein Riss ganz von oben nach unten lief, was für ihn etwas unverhandelbar Erhaltenswertes war. Denkmalschutzreif.

Wie betäubt stand er da im Freien vor seinem Gehöft und beschwor die Unabdingbarkeiten des Lebens hier draußen. Seine Essentials.

»Kommst du kurz«, rief es fröhlich von drinnen, und obwohl er sich starr gemacht hatte und seine Fäuste geballt, ging er rein. Ließ die alte Tür quietschen, ließ die Augen geschlossen, wie es ihm aufgetragen wurde, ließ sich führen und vor der Nacktheit, die ihm aufgelockert mit einem flatternden Band entgegen kam, staunend einhalten, ließ sich fallen.

»Das war wunderschön eben«, stammelte er nachher, genau so, wie er eigentlich nie hatte stammeln wollen.

»Ja, ging mir auch«, sagte sie in Gedanken. Dann stellte sie eine Frage, die ihn verblüffte.

Nein. Er konnte ihr keinen Job bei der Produktionsfirma von *Straßen ins Nirgendwo* verschaffen.

Sie rauchte schon ihre Nachher-Zigarette, er hatte das aufgegeben mit dem Umzug hier raus und fürchtete sich vor dem Jieper, ihr jetzt einfach den Stengel von den Lippen zu reißen und mindestens einmal zu ziehen.

»Pflanzt du eigentlich Cannabis an?«, fragte sie.

Zweite Verblüffung.

»Ich pflanze gar nichts, das wächst hier so.«

Wenigstens einmal ziehen.

Sie berührte ihn da, wo es wuchs und kicherte: »Braver Städter.«

Was meinte sie? Er drehte sich auf die andere Seite.

»Ich glaube, du gehörst mehr da hin als hier«, sagte sie nachdenklich, richtete sich im Schneidersitz auf, der Rauch zwischen ihren Zähnen schlängelte ihm in die Augen, ihre Knie berührten ihn an Brust und Lende. Und diese brennende Sonne durchs Fenster, die Schlafecke im Wohnzimmer lag jetzt genau dort, wo die Strahlen am hohen Mittag hinfielen, über die Holzdielen auf ihre Körper.

Es war der Inbegriff von Sünde für ihn, jetzt hier so dazuliegen.

»Lass uns aufstehen«, sagte er und nahm dabei ihre Hand.

Lena schüttelte den Kopf. Ihr blonder Schopf wippte.

»Gibt es wirklich keine Verbindung mehr zwischen dir und den Fernsehleuten von damals?«

»Keine«, log er und streckte sich aus.

»Dann bist du vielleicht nicht der Richtige für mich.« Sie sagte das so wie ein Mädchen in einem Märchenfilm, der eigentlich gezeichnet ist, aber in den Zeichnungen laufen Schauspieler herum, die lesen die Sätze, während sie sprechen, aufmerksam von einem Prompter ab.

Wie eine Märchenprinzessin in einer winzigen tschechischen Kinderfilm-Stadt sprach sie. Er wiederholte: »Dann bist du vielleicht nicht die Richtige für mich.«

»Nein. Du! Für mich!«

»Nein du! Für dich. Dich allein!«

Sie war aufgesprungen, er hinterher, das Bettlaken, das sie mit sich riss, ratschte die Vase mit trockener Akelei vom Tischchen, er stakste über die Scherben, dann raste er hinter ihr her, das Laken wie ein Pfand, in der Badezimmertür verfangen, sie in der Wanne, in die lauwarmes Wasser lief, das im Boiler noch übrig war, er mit rein in die Wanne, das Laken durchtränkt, er rollte es, wrang es, machte es kurz, sie schon unter der Dusche, er schwang es, schlug es ihr auf den Rücken, die Schenkel, »Du dir, ich mir!«, rufend, immer nochmal, sie zu Boden, ganz staunend, klammerte sich an ihm fest, bis es ihr wirklich wehzutun anfing, ihr Lachen aussetzte, sie sich erhob, einmal kurz ausholte und ihm eine knallte.

»Was war das«, sagte sie leise.

Die Dusche lief noch.

Er riet nicht, ob sie entsetzt war oder begeistert. Wieder sah er durchs Fenster, die Sonne von dunklen Wolken umhangen knallte hinein. Sein Kopf dröhnte.

Draußen stand das Pferdchen angeleint und stampfte vor sich hin. Das war jetzt sein Trick, Katzen abzuschrecken.

Lena setzte sich nackt auf den Wannenrand und umarmte Ibo.

Später zogen sie zum Marktplatz, eine kleine Familie, Mann, Frau und Pferd. Liefen im Schatten der grauschwarzen Wolke, hinter der die Sonne noch tobte.

»Schwül ist es.«

Lena rauchte.

Wenigstens einmal, dachte Ibo. Wenigstens einmal hab ich jetzt sowas erlebt.

17.

Lieselott Kubrik kam nicht zu Potte, mit sich selber nicht und nicht mit ihm und korrigierte deshalb an allem herum. So still Kubrik sich auch verhielt. Eigentlich wartete er ja auf ihren Wunsch hin. Sie wollte mit ihm zur Halle, einkaufen gehen ohne Auto, sich mal sehen lassen, Leute begrüßen – Kram, den man macht, wenn die einfachen Dinge, mit denen ein Paar sich austauscht, nicht mehr so klappen. Weshalb man sich die Gemeinsamkeit Förderndes sucht, Ausflüge, Kino, Besuche, das ganze Zeugs. Das ihm eigentlich gestohlen bleiben konnte, aber der Unfriede, der dann wachsen würde, wäre noch unerträglicher.

Also sagte er in solchem Fall: Ich komm mit. Wann wollen wir los? Und wartete in der offenen Tür, weil es hieß: Gleich. Was natürlich alles und nichts heißen konnte. In der Umlaufbahn eines Planeten ist *gleich* die Dauer der menschlichen Gattung, aller historisch aufeinander folgenden Klassenverhältnisse, vom Neandertaler bis zu Obama – für einen Pluto ist sowas völlig gleich, diese Strecke. Und Pluto ist nur ein Zwergenplanet.

So wie Obama ein Zwergenpräsident war, fand Kubrik. Dinge, auf die man Hoffnung setzt, die dann unerfüllt bleibt. Davon hatte er zu viel erlebt. Diese Jugendhoffnung auf Gleichwertigkeit aller Berufe zum Beispiel, daran hatte er geglaubt, doch sie war nie eingetreten – die Mauer hatten sie eingetreten aus Enttäuschung über das Ungleichgewicht, das nicht wegging, und die Dreistigkeit mancher Leute, die eben – wenn alle blöd – unbedingt noch blöder sein wollten. Nur, um nicht gleich sein zu müssen.

Im Badezimmer hörte er es klirren. Er ging ins Haus zurück.

Das einzige, woran man glauben konnte, war der Luftdruck. Er beschwerte alle Wesen gleichmäßig. Ohne dass sie es spürten.

»Kannst du das Badetuch raushängen?«

»Mach ich gleich.«

»Hab schon. Ich sag's ja nur.«

Sie wieder. Musste irgendwas anmerken. Um sich trotz ihrer Trödelei nicht gemein zu machen mit ihm.

Er wurde unruhig, trat wieder vor die Tür und rauchte eine.

Dieser Putin war auch zwergenhaft. Der Kalte Krieg wurde mit mickrigem Bodenpersonal wiederholt, als sollte man glauben, es gäbe nichts Neues. Als wäre Amerika noch der Staat der rücksichtslos Freien und Russland der Hort der vernünftig gleich Armen. Wo war denn heute so einer wie Stalin, wo einer wie dieser gespenstische Joe McCarthy? Die großen Josefs – weg mit dem Wind.

Er selbst, Josef Kubrik, wusste wenigstens noch, um was es gegangen war.

Er war Grenzer gewesen.

Grenzer und Grübler. Ins Grübeln kam er besonders dann, wenn eine Frau ihn warten ließ. Was für Katastrophen werden kommen nach dieser herrlich langen Friedenszeit, die das Leben seiner Generation geschenkt hatte? Gleich an mehreren Ecken der Welt hatte schon begonnen, was man später den nächsten Krieg nennen würde. Noch hielt man es für vereinzelte, zufällig aufflammende Kämpfe, aber es trug sein Ziel schon in sich. Es würde tödlich sein.

»Denkst du an deinen Dritten Weltkrieg«, rief Lieselott und warf irgendwas um im Bad, »oder ans Zocken?«

Sie kannte ihn besser als alle. Als er sich selbst? Das glaubte vielleicht sie. Kubrik hatte mit dem Gewehr an der Mauer gestanden, es gab da einiges, was er noch niemandem erzählt hatte. Noch saß ihm das Wissen in den Knochen, dass alle ihn weniger gut kannten als er sich selbst.

Disziplinierter Draufgänger. Der auch die Friedensgrenze zu Polen kontrolliert hatte, ehe er hier Tischler wurde. Millimeterarbeit beides. Der etwas sagte, aber etwas anderes dachte. Nicht um zu lügen, aber ohne dieses Andere konnte man gleich eine Kugel in den Lauf ... Leben wie Sack-und-Asche. Was man nicht alles so denkt. Gefahr tut Not. Ausflüge in die Häuschen der Witwen, der fitten, und schauen, was passiert. Samt Handreichung, Tipps und Tröstung, sich eben mal nützlich gemacht und genommen, was rausspringt. Den Fuß in der Tür, aber so, dass üble Nachrede erst gar nicht aufkommt. Zum Abschied den Kopf schiefgelegt und: »Voilá«. Meistens saß das.

Lieselott und er, sie schwiegen davon. Millimeterarbeit.

Dass ihm Lena, die Ex des Lehrers, jetzt so viel Ärger machte, das nervte. Gehörte aber zu ihrem Spiel. Sie erwartete ernsthaft, dass er den Rest der Pferdchen über den Ort verteilte, Paten für sie fand. Sie hatte wirklich auf den Protest der Dörfler gesetzt gegen den Nationalparkverein, auf die Solidarität des Kollektivs – so wie früher mal, jedenfalls in der sonnigen Erinnerung an dieses Früher. Die Pferdchen sprangen davon, in jedem System. Mit den Menschen hätte sie erst einmal reden müssen. Hätte sich anhören müssen, was die so hielten von ihr, der Querschlägerin, Überläuferin, Egobombe, manche sagten Verräterin.

Und tief drinnen sah sie das wahrscheinlich selber so.

Hätte es Neunundachtzig den Einschnitt nicht gegeben, würde eine wie Lena dem Dorf heute vielleicht vorstehen. Kollektivchefin, das entsprach eigentlich genau ihrem Wesen.

Nun war es anders gekommen. Jeder seines Glückes Schmied. Was man so für Glück hielt. Kubrik zum Beispiel hatte das Zocken gelernt, jenseits der polnischen Grenze, die er vorher bewacht hatte. Gegen mich selbst, dachte er, aber eigentlich dann ja doch in einem eigenen höheren Interesse …

Außer den Bauern war allen hier der Verlust der Äcker zwischen Fluss und Kanal so egal wie die nächste

Wahl. Was hatten die paar Industriebauern auf dem Hügel mit der Dorfbevölkerung noch zu schaffen? Für Arbeit fuhr man nach außerhalb, und wer nicht arbeitete, ließ die Rollläden runter, bezog Geld vom Amt und besserte es im Garten, am Fluss und mit Schwarzarbeit auf. Kubrik, Soldat und Tischler, bezog keine so ganz knappe Rente, und seine weiland Kindergartenchefin-Frau eine knapp bessere noch dazu.

Umweltschutz, Pferdezucht war keine Sache der Dorfgemeinschaft mehr. Eher schon die Anlieferung von schnellem Internet, die nicht klappte. Sollten doch die Jungen ran, dachten viele, und dass Lena allen Grund hatte, sich ihre vom Ex aufgesetzten Hörner mit einem üblen Streich abzustoßen.

Aber ohne uns.

»Wieso hilfst du der Verrückten«, hatte Lieselott ihn gefragt, »isses wirklich ›das‹?«

Er hatte die Achseln gezuckt. ›Das‹ mit ihr hatte es nie gegeben. War nur ein Flirt, ein gemeinsames Spiel, das sie trieben, von dem er schwieg und genoss.

»Wann bist'n jetz' fertig?«, rief er ins Dunkel der Zimmer.

»Gleich«, schnaubte Lieselott.

Wenig später zogen sie zum Laden.

Nicht mehr Hand in Hand, anders als damals zu Tabakzeiten, als die Ankäufer vor der Halle parkten und die getrockneten Blätter zwischen feingepflegten Fingern zerbröselten für ihr Kaufangebot. Ganz marktmäßig war das abgegangen, auch unterm Dach der sozialistischen Planwirtschaft, mitsamt staatlichem Zertifikat für die nachfeierabendliche Pflanzenaufzucht, mit gemeindlichem Kantinenessen für alle am Tabak Beteiligten und mit Weiterverkauf an die Handelsstelle, die das Erworbene dann Fachleuten von Reemtsma oder Simon Arzt überließ. Für Devisen, versteht sich.

Keine Zwangsarbeit der Grünmantler Tabakanbauer – ein schöner Nebenverdienst. Für alle, die das wollten. Damals gab es dieses Dorfinteresse noch.

Und da waren sie einst Hand in Hand hingeschlendert, der Grenzsoldat und seine frisch ausgebildete Kindergärtnerin aus Querfurt bei Halle, die es ins Märkische verschlagen hatte. Vom offenen LKW bei der Sonnenuntergangsfahrt aus dem Moor hatte er ihr Kusshände zugeworfen, im Barkas hatte sie ihn mal mitgenommen, als er im Wald mit Schrotflinte bei Morgengrauen ohne Beutestück dastand.

Jagender Grenzer, das war ihr Kubrik. Kein Jasager, auch später nicht, und nicht einfach zu nehmen, in der Lehre bei Tischler Theurich, ein guter Haushalter wurde er, verständiger Vater, ging eigene Wege, wie auch sie ihre ging und verschwiegen sein konnte, sobald die Schwingtür zum Kindergarten *Friedensgrenze* hinter ihr ins Schloss fiel. Einer, der das Schleifen und Verkanten des Holzes perfekt verstand, war ihr Josef. So nahm er auch die Menschen, Kantstücke, sorgfältig zu bearbeiten, fest zu verankern – und so eben auch sie.

Bis sie irgendwann Marlies Rogacki, der besten Freundin, beim dritten Persiko zugab: »… wie'n Möbelstück. Sessel oder so. Nix mehr sonst.«

»Dann pass auf«, hatte Marlies sehr ernst gesagt.

Seitdem passte Lieselott auf.

18.

Etliche grasgrüne Luftballons, die die Postkonkurrenz am Eingang zum Grünmantler Frischemarkt morgens angepinnt hatte, waren inzwischen zerplatzt, aufgestiegen, zum Glascontainer getrudelt oder von Kindern zertreten worden. Der Objektmanager fragte sich, ob diese Art Werbung nicht in den Wind geschossen war, denn ihre Wirkung verflüchtigte sich wie entwichene heiße Luft.

»Heute eröffnen wir«, schrie er trotzig und klaubte aus viel zu dicker Übergangsjacke eine Schreckschusspistole, »hier im sympathischen Grünmantel, so wie in fünfundsechzig anderen Gemeinden der zauberschönen Uckermark ...«

»... funktioniert nie, Postmonopol ...« maulte Fritz Theurich dazwischen.

»... unsere Zustellung XXL, zehn Cent billiger als beim Marktführer. Messen Sie uns an den Fakten und unserem Wahlspruch: Leistung mal Zeit mal Entfernung!« Er schoss dreimal in die Luft, Tauben flatterten, ein paar kleine Kinder umklammerten die Beine ihrer Mütter, Hunde bellten auf.

»Mann, Mann, Mann«, seufzten Großer und Theurich synchron und nickten dem Werber aufmunternd zu: »Mach es. Um zu wissen, wie es ist.«

Ibo war bei den Schüssen zusammengezuckt. Noch mehr das Pferdchen, das er führte. Lena vorneweg. Noch durchglüht vom Liebesspiel nahm sie weite Schritte im leichten Kleid, ließ es schwingen bei jeder Bewegung. Im gläsernen Eingang vom Frischemarkt sah sie sich und war glücklich.

Josef Kubrik fand sie ebenfalls schön. Seine Hobelhand zitterte.

Wie zufällig fragte er seine Frau, ob sie nicht alkoholfreies Bier bräuchten. »Ich geh's holen.« Er nahm ihr den Einkaufskorb ab.

»Nein, ich sag dann auch Marlies schnell Hallo«, seine Frau griff zum Korb und verschwand im Getränkeshop.

Kubrik lächelte listig und schlenderte auf Lena zu.

Die band das zitternde Pferdchen am Radständer fest. Als jetzt eine Fanfare losplärrte, flüsterte sie ihm etwas ins lappige Ohr.

Ibo wartete ein paar Schritte entfernt.

»Ist das deins«, fragte Kubrik leise.

»Soll ich dir auch mal so flüstern«, hauchte Lena zurück und warf sich eine Haarsträhne aus der Stirn, »nein, hat mein Freund hier in Obhut genommen, einer der wenigen Mutigen vor Ort ...«

»Oh, dein Freund hier, ja?« Kubrik rutschte ein bisschen schnell ins Verächtliche, fand er selbst.

»Ich versteh eher nix von Pferden«, versuchte Ibo näherkommend eine gütliche Wendung.

»Und ich helf ihm dabei«, grinste Lena und legte einen Arm um seine Schulter. Braungebrannt lächelnd stand sie zwischen Mann und Pferd.

»Sind überhaupt noch mehr unterwegs außer diesem und meinem?«, fragte Kubrik hastig, denn die Saufbrüder Großer und Theurich näherten sich.

Lena wurde ernst: »Weiß nicht. Is'n Trauerspiel, find'ste nich' – keiner hängt sich mehr rein, wenn's um den Ort geht! Dabei isses himmelschreiend, was die Naturfuzzis mit uns vorhaben. Die Deiche werden von

Bibern zerfressen. Der Verein baut sich auf als Konkurrenz zu den Bauern ...!« Sie erhob ihre Stimme.

Ein paar Frauen vom Trödlerstand drehten sich nach ihr um.

»Mach die Fidschis nicht wild«, grinste Kubrik.

Da riss Ibo die Augen auf. Nahm eine Chance wahr: »Wie bitte?«, fragte er übertrieben deutlich. Er tat, als bräuchte er von Kubrik eine Übersetzung: »Was haben Sie eben gesagt? Mit rassistischer Färbung?«

Lena knetete ihm den Nacken: »Lass' ma jetze«. Sie redete hier so anders. Und erwartete von ihm, dass er sich darauf einstellte. Genau das wollte er nicht. Dann bitte ohne ihn, dachte er mit Blick nach oben.

Wolkenfront. Erstes Donnern.

»Is' noch weit hin«, rief Großer übermütig, »Siebzehn Sekunden von nach dem Blitz. Hab gezählt!«

»Fidschis, junger Mann«, knurrte Kubrik freundlich und drängte Lena ein bisschen von Ibo weg, »Fidschis sind fliegende Händler. Bringen, was früher im Laden nicht da war. Hätten wir vor der Wende dringend gebraucht, sowat. Jetzt, wo alles doppelt und dreifach is', brauchen die uns, wenn se hierbleiben woll'n. Aber die sind ganz okay – wie ihr sagen würdet. Und übrigens mehr hier zuhaus als ihr – Stadtaffen ...«

Damit winkte er einer Verkäuferin, die ihn anlachte, sich vorbeugte und ihre schmalen Augen aufreißend fröhlich rief: »Jossepp, du brauchen neue Mataze, du kommen mogen mal?«

Erste Tropfen fielen. Großers abgestelltes Bier fiel um, er rannte der kollernden Flasche nach: »Schittbunse.«

Ein gelbes Cabrio brauste auf den Parkplatz, quietschte haltend, und noch ausrollend schloss der Fahrer das Verdeck.

»Du Scheiße«, murmelte Lena und wollte in einem ersten Impuls fliehen.

Kubrik hielt sie am Arm. »Mach Schluss damit, gleich!« Sein Kopf deutete in Richtung Parkplatz.

»Mit ihm da?« Lena deutete kokett in Richtung Ibo.

Der war noch bei den Fidschis. »Ich find's trotzdem ausländerfeindlich«, sagte er zu Kubrik, aber so ohne Nachdruck, dass es mutlos rüberkam. Kubrik winkte ab.

»Mach Schluss damit«, wiederholte er und rüttelte Lena am Arm.

»Ich bin nicht dein Ding«, zischte die und riss sich los, »dein Kindchen oder so.«

»XXL-Marken gefällig, zehn für'n Fuffi, nochma extrabillig, weil heut heut is.« Mit erstaunlich hellem Ruf drängte sich Theurich zwischen sie alle und schwenkte ein Kuvert mit roten Briefmarken. Wenn er irgendwas zu tun kriegte, spurte sich sein kleiner runder Leib in einen Schwung, den man ihm, dem Rumhänger vorm Getränkeshop nie zugetraut hätte. »Fuffzig Cent, zehn Stück«, rief er und fuchtelte Kubrik das Briefmarkenset ums Gesicht.

Jahrzehnte her, da hatten sie beide in Vaters Werkstatt getischlert und gemacht. Es war zu viel passiert in den Jahren dazwischen, als dass sie sich darum rissen, einander wiederzusehen.

»Geh weg«, sagte Kubrik deshalb auch einfach.

»Ich nehm die Marken«, rief Ibo trotzig.

Aber Theurich war schon weiter, und Ibo stand mit seinen Münzen in der Hand noch unbeholfener da. Genau das nicht, dachte er in Schleife. Hörte: »... genau das nicht«, plötzlich neben sich sagen und glaubte, man hätte ihn belauscht. Dann nahm er Friedhelm Benzler wahr, diesen Typ mit den beeindruckenden Augenbrauen und einem Hohn im Gesicht, der ihn sofort fesselte. Benzlers Schatten fiel auf Lena.

»Niemandes Kindchen bist du, nur ein paar Wochen lang meine Frau noch, sonst gar nichts. Und für deine Albernheiten längst selbst verantwortlich!« Dabei zeigte er auf das Pferdchen, das am Fahrradstand jetzt von einem kleinen Mädchen gekrault und mit Popcorn gefüttert wurde.

Lena war blass geworden. Stammelte: »Du hast doch keine ... keine ...«

»... Ahnung?«, ergänzte ihr Exmann. Sie biss sich auf die Lippen. Sie ist wieder eine andere jetzt, dachte Ibo und ertappte sich dabei, wie auch er mit den Zähnen an der Unterlippe nagte.

»Keine Ahnung? Volles Wissen. Ich nehm das Tier übrigens nachher gleich mit«, rief Benzler, »beziehungsweise lasse es holen. Und das in Ihrer Scheune, Herr Kubrik«, der Angesprochene nahm unwillkürlich Haltung an, »das rücken Sie am besten auch gleich raus. Wenn heute alles zurück in die Ställe kommt, dann will ich nichts dazu sagen. Ab morgen zeige ich es als Diebstahl an.«

»Du spinnst«, rief Lena, »du kannst nicht einfach so die Leute hier ...«

Kubrik unterbrach sie: »Lass es. Der Lehrer hat Recht.«

»Die Leute hier«, lachte Benzler auf, »weißt du, wie gut in Grünmantel der Gemeinsinn noch funktioniert? Ich Idiot hab bis gestern geglaubt, die Agrargenossenschaft hätte das Loch im Zaun zu verantworten, aus Neid …« Plötzlich hob er Lenas Kinn mit seinem Zeigefinger. Sie wich zurück und starrte ihn fassungslos an. Im bösen Schwung fuhr er fort: »Bis einer nach dem andern unsere Przewalskis unverletzt zurückgebracht und geschworen hat, dass von der Genossenschaft keiner dahintersteckt. Es gibt keinen Grund, ihnen nicht zu glauben. Jemand wie Hanne Perl, der vertraue ich einfach mehr als dir.«

Wieder presste er seinen Zeigefinger schmerzhaft unter Lenas Kinn und ließ die Hand dann fallen. Lena schüttelte sich. Ihre Beherrschung umgab sie wie ein Panzer.

Ibo starrte wütend auf den Angreifer, tat aber nichts.

Kubrik hatte das Bedürfnis, das Mädel jetzt einfach mal an die Brust zu drücken.

Weiter hinten verstaute Lieselott einen Sixpack Null-Prozent-Bier im Beutel und näherte sich.

Lena fuhr hoch: »In dem Scheißnest bleib ich nicht länger. Der hier –«, alle starrten Ibo an, ihm wurde schlecht, »produziert *Straßen ins Nirgendwo*. Da bin ich ab Herbst dabei.«

»Du – da – bei, was denn – wer denn«, rief Benzler etwas zu höhnisch.

»Oh ja«, hörte Ibo sich sagen, »als Chefdramaturgin bei *Straßen ins Nirgendwo*. Und Drehbuchkoordination. Allerdings.«

Lena hatte eigentlich an eine Hauptrolle gedacht, aber nach kurzem Zögern fiel sie Ibo um den Hals.

»Ich störe wirklich nur ungern«, begann Lieselott, die in den Kreis getreten war und Kubrik den Beutel mit Bier umgehängt hatte, »aber im Namen des Kulturvereins soll ich Sie fragen, Herr John«, sie streckte Ibo die Hand zur Begrüßung hin und schüttelte seine, während sie weitersprach, »ob Sie am Eröffnungsabend, von dem wir schon mal gesprochen haben, bei uns auftreten könnten. Und was denn Ihre Bedingungen sind, wieviel Geld und so? Wären zweihundert denn in Ordnung? Oder haben Sie das alles schon mit unserem Vorsitzenden, dem Herrn Benzler beredet?«

Es fing an zu pladdern. Benzler verzog sich zum Fahrradständer und band das Pferdchen ab.

Lena klammerte sich strahlend an Ibo. »Sind wir da nicht schon in der Stadt«, fragte sie mit sehr weicher Stimme.

»Nein«, antwortete Ibo, lächelte Lieselott an, drückte dabei Lena weg, »ich werde da sein. Ich mach das gern.«

Das Pferdchen wieherte, und Ibo sah zu, wie es Benzler ans Hosenbein pinkelte. Der fluchte. »Ist das euer Vorsitzender?«, fragte er. Man nickte.

»Vierhundert und Mehrwertsteuer. Aber das kriegen wir schon.« Er lächelte Lieselott an.

Lena sah bezaubernd aus in dem klitschnassen Kleid, als sie ging.

Kubrik blieb allein im Regen zurück. Seine Gedanken schweiften in die Vergangenheit. Plötzlich war da wieder der Tabakmarkt, und Theurich kam aus der Werkstatt gerannt mit irgendeinem blöden Auftrag des Alten, den sie jetzt unbedingt auf sich nehmen müssten, sofort. Wo er viel lieber die Fahrzeuge begutachtet hätte von Reemtsma und Simon Arzt. Und diese hochgewachsene junge Frau, die ihm neulich an der Pferdekoppel schon begegnet war, bei Lenas sinnloser Aktion. Und später dann kein Pony von ihm wollte. Das war Jetztzeit, das wusste er schon, aber die passte auch zum Tabakanbau, zu dem Kollektiv damals und zum Grenzregime, zum geschichtlichen Hochdruck, den Kämpfen und Prinzipien, die passte in die große alte Zeit wie Krassow, der gerade aus dem Laden heraustrat und die Hochgewachsene sacht am Ellbogen führte.

Krassow wie gestärkt, er selbst, Kubrik, wie geschrumpft. Mitten im Regen. Alle anderen weg.

Könnte die Geschichte sich im Zeitraffer wiederholen, das wäre besser als Reisen, dachte Kubrik.

Ein Blitz schlug ein.

»Zwei zum Donner, direkt über uns«, schrie Großer zu Theurich, und dann sie beide: »Mach es. Um zu wissen, wie es ist!«

Die Säufer.

Kubrik sah sie rauslaufen in den wilden Guss wie Kinder, sich die Hemden vom Leib reißen und lachen. Jubeln.

19.

Den blauen Mietwagen noch waschen, den roten abduschen, Garage zu, Hauptschalter runter, Haupttüre dicht. Feierabend.

So die Anweisung des Juniors. Im Büro war seit zwei Uhr schon keiner mehr, Mittwoch der flaueste

Tag. Seit die Werkstatt sich typenoffen nennen musste und der TÜV nicht mehr stattfand, war es manchmal wie Totentanz, unheimlich still war es zwischen den Oldies, den zwei Saporoschs, dem Wolga und diesem Trabbi-Cabriolet, das Rolle zu gern mal gefahren wäre.

Dem Senior hätte er beinah einmal eine Runde auf dem Betriebsgelände abgeschwatzt. Wäre Madlen nicht gekommen und hätte gemault: Dann ich auch. Er war nicht sauer gewesen, hätte es umgekehrt genauso gemacht.

Madlen und er hatten schnell begriffen, dass sie plötzlich falsch kalkulierte Kostenfaktoren waren. Unter Opel-Regie musste ausgebildet werden, eigentlich sogar auf drei Lehrstellen, aber jetzt, wo das wegfiel, so wie auch die Garantiefälle, die zwar weniger brachten als freie Reparaturen, aber die Werkstatt am Laufen gehalten hatten ...

»Wir ziehen es durch, macht euch keen Kopp«, hatte der Junior gesagt und im Fall von Madlen mit der Mutter telefoniert, in Rolles Fall mit der »Kameradschaft«.

Mit einer Runterstufung des Lehrgelds waren alle Seiten schnell einverstanden gewesen, auch die Jugendlichen – hätte man sie gefragt. Der Schein am Ende war doch das Wichtigste. Rolles Vater krakeelte zu Hause zwar von Ausbeutung, Gesetzeslage und Tarifpartnerschaft, aber er trank einfach zu viel, als dass Rolle ihn noch ernst genommen hätte. Die Tischlerei war übern Jordan samt Mutter und Geschwistern, das kriegte der Alte nie wieder hin.

Echt zu schade für den Umweltschutz-Pädo, dachte Rolle, als er Madlen im regendichten Overall auf der

Schnauze des Leasing-Omega hocken sah, um die Dreckspuren am Dach wegzukriegen. Er hätte den roten Focus-Kombi daneben längst angehen sollen, konnte sich aber nicht aufraffen. »Lass die Finger von der«, hatte Kantack, der Scharführer aus Schwedt, ihm eingeschärft, »solange die Aktion läuft, halt die Füße still.«

Eigentlich machte sie ihn nicht scharf, aber Rolle musste sich öfter mal vorstellen, wie sie nackt von dem faltigen Altsack angetatscht wurde, der grünen Zecke. »Kalt«, hatte Kantack gegrinst, »wird die Rache genossen.« Er hatte natürlich Recht. Und wenn Rolle an seine Daggi dachte im Tagtraum, wurden ihm die anderen egal. Er dachte dann sogar an den Auftrag, den er demnächst erfüllen würde – und zwar genau so, wie seine Daggi es von ihm erwartete.

»Shit, beinah hätt's gekratzt jetzt«, schrie Madlen. Sie war ausgerutscht mit Schwamm und Spüli, wie auf einer Rutsche vom Dach über Front und Kühler der Limousine gesaust und lag jetzt unten im feuchten Ölfilm. Rolle hechtete hin und half ihr hoch, galant geradezu.

»Is' nichts zu sehn, oder?«, keuchte sie und untersuchte die Spuren ihres Abgangs.

»Glaub nicht.« Er beugte sich vor, sein Kopf an ihrem. »Du bist so leicht«, sagte er, »im Fallen gleitest du noch.«

Madlen sah ihn neugierig an.

»Für einen rechten Spinner bringst du hier ja geradezu Lyrik«, lachte sie.

»Maul.«

Er zeigte auf eine winzige Kerbe im Lack.

»War das nicht schon?«

Er zuckte die Schultern.

»Gibt Abzug, oder?«

Vom vollgemüllten Werkstattschreibtisch, an dem sich außer dem Senior und ihm keiner auskannte, holte er die Papiere für das Auto, das Madlen gewaschen hatte.

»Ein Griff.«

»Ist nicht eingezeichnet, stimmt's, war noch nicht?«

Ihr Kopf jetzt sehr dicht an seinem, die Stimme aufgeregt, ihr Atem warm. Wohlriechend, fand er.

»Ich könnt's hinkriegen.« Er holte den passenden Stift, von dem oft noch nicht mal der Senior wusste, wo er gerade rumlag. »Hier, oder?«

Sie nickte heftig. Rolle machte einen kleinen Krakel mit der dokumentenechten Mine auf dem Papier, genau an der Stelle, wo der Lack geritzt worden war.

»Jetzt isses«, sagte er.

»Ja!«

Sie lehnte neben ihm, ihr Körper hinter der regendichten Verkleidung ganz nah an ihm, der ja auch so fest eingewickelt war. Und Kapuze trug wegen der Druckreinigung, die er längst hätte anstarten sollen.

Er nahm ihren Kopf in die Hände. Sie ließ es zu. »Sauber bleiben«, warnte Kantack irgendwo in ihm drin. Er ließ los.

»Danke auch«, sagte sie und atmete aus.

»Wo gehst du eigentlich immer schwimmen?«, fragte er wie nebenbei, »wenn's so heiß ist wie heute?«

»Manchmal Parsteiner«, überlegte sie, »bin ja nicht groß die Schwimmerin. Und manchmal auch an dem Tiefen See, weeßte ...«

Er nickte. »Is mir zu einsam da«, sagte er

»Ja, mir auch! Na ja – da is sone kleene Bank mit Wiese, hinten links, da sitz oder lieg ich manchmal, mit mei'm Freund …«

Rolle sah sie scheinbar verständnislos an.

»Ist aber auch egal«, lachte sie, »ich bin da nicht mehr so oft. Wenn wir mal weggehen woll'n, Rolle«, sie baute sich richtig vor ihm auf, »dann wär mir Kino lieber.«

»Mal weggeh'n …« Er schien nachzudenken. »Geht ihr denn oft da schwimmen?«

»Na, sag ich doch: Nicht mehr so. Wenn Friedhelm alleene schwimmt, siehst du's am Cabrio, das parkt dann oben …« Wo die Nebenstraße den See streift, Rolle kannte die Stelle. Der Teil der Übung dürfte einfach sein.

»Mal weggeh'n, gern. Und jetzt kannste von mir aus auch Schicht machen. Deiner is' sauber. Meiner noch nicht mal geschäumt. Ich schließ nachher ab.«

»Echt?!« Sie fuhr ihm mit der Hand über die Kapuze, sprang in die Umkleide und tänzelte Minuten später im kurzen Rock und mit Mickey-Mouse-Shirt aus der Tür.

»Tschau …«

Er riss die Schaumdusche auf.

20.

Sofies safranfarbenes Tuch war hängengeblieben. Zara wollte es nicht anschauen, während sie das Geschirr abräumte, sie fand es aufdringlich, wie es da hing. Typisch für ihre Freundin, sich so ein süffiges Gelb aus Seide um den schmalen Hals zu schlingen und es ihr dann dazulassen wie eine Fahne in Abwesenheit.

Zara räumte den Gartenstuhl mitsamt Tuch in die Scheune. Dann holte sie den Stuhl nochmal vor und stellte ihn wieder auf die betonierte Fläche. Hockte sich ins Gras weiter oben und schaute drauf.

Nur mit Besuch benutzte sie die Betonfläche. Zu Wolfs Zeiten war sie entstanden, der hatte gern dort gefläzt, gelesen und den Blick schweifen lassen. Zara hatte das Betonieren spannend gefunden und sich eine kleine Clique von Gleichgesinnten eingeladen, mit der sie den Platz vorbereitete, einschaltete und ausgoss – ein örtlicher Holzfabrikant hatte den Betonmischer gestellt.

Wolf hatte alles bezahlt. Und ein paar Schmucksteinchen in das Betonbett gedrückt, sein handwerklicher Beitrag. Schon kurz darauf war er nicht mehr gekommen, auch seine beiden Söhne nicht mehr, weder zum Teetrinken noch zum Schweifen. Irgendwann hatte sie hier draußen einfach neue Schlösser einbauen lassen.

»Du treibst ihn direkt in den Arm eines Anwalts«, hatte Sofie gelacht. Voll Bewunderung. Es wurde eine Anwältin. Und der Verlust, den Zara hinnehmen musste, um das Haus zu behalten, war heftig. Bittere Pille im Scheidungsdeal mit diesem Wolf.

Schluss damit!

Sofie hatte damals nicht mitbetoniert, sondern ein Landfrühstück gezaubert, gute Laune und Gemütlichkeit. Verstand sich prima mit Wolfs Söhnen und verabschiedete sich seinerzeit gern verschmitzt daumendrückend, wenn sie das Paar nach einem langen Wochenende verließ: Strengt euch an, Nachwuchs, was sonst tut man denn auf der eigenen Scholle?

Was sonst.

Die fremde Umgebung lockte auf verschiedene Wege, und ihre beiden kreuzten sich kaum mehr, auch selten in den Nächten. Lag es am mächtigen Sternenzelt, das sie anfangs so überwältigt und stumm gemacht hatte? Sie bauten sich ihren Schutz auf dagegen, jeder für sich. Wenn Zara ins Bett fiel, nach vier Stunden Wiese umgraben, einem Salat und ein Glas Rotwein im Nachtanflug, schaltete Wolf erst den Fernseher an für einen Artfilm auf 3sat, den er unbedingt in Originalsprache durchhalten wollte bis weit nach Mitternacht. Und wenn er frühmorgens aufbrach in seine Grünauer Steuerkanzlei, entschied Zara neuerdings dauernd im letzten Moment, sie wolle lieber bleiben. Im Dahlemer Institut anrufen: Migräne, Unpässlichkeit. Stadtschlechte nannte sie das.

Natürlich hatte Sofie da vermutet, sie wäre schwanger. Dieser Wolf fürchtete es auch. Aber Zara wusste genau, dass es Umschalten war. Inneres Umschalten. Weil sie hierherziehen würde. Sie ganz allein. Sie würde den Boden bearbeiten ohne Gemütlichkeit. Ohne lockeres Reinschneien und Rumklönen und vergeudete Tage, weil man sich hier ja entspannte und sich nur fit machte für die Funktionsfähigkeit in der Stadt.

Schluss damit! Keine Ausflüchte mehr. Auch keine Fremdarbeit, und vielleicht sogar auch kein Morgen.

In Zara keimte die stille Ahnung, dass Menschen wie ihre Nachbarin, die alte Frau Perl, für immer in einem Heute leben. Nirgends sonst.

»Nirgends-Zeit, Liebes«, hatte Sofie dazu gesagt, die sich gern zur Hobby-Philosophin ernannte, »das ist praktisch utopisches Denken. Da bricht sich ein Wunsch Bahn nach dem Ewigen im Jetzt, nach dem Aufgehen im Buch der Natur ...«

»Aufgehen? Ich bin doch nicht schwanger!«

Sofie blieb völlig ernst. »Im übertragenen Sinn natürlich: Du möchtest dir selber begegnen auf deiner Scholle, dem unmöglichen Ort. Mutters Vagina. Woher du kommst, willst du werden ...«

Sie schwiegen ein Weilchen und wechselten Blicke.

Zara sagte milde: »Schade. War doch wieder nur die Hobby-Psychologin, die mir begegnet ist.«

Sofie war von den Berliner Freunden die letzte geblieben. Die Treue. So viel sie herumtourte für ihre Arbeit, so gern kam sie überraschend vorbei, durch eine SMS vorgemeldet, manchmal noch das volle Gepäck einer Geschäftsreise im Mietwagen, manchmal nur das Lederrucksäckchen über der Schulter mit den Schweißflecken einer durchtanzten Nacht.

»Klärchens Ballhaus?«

»Oh, und ein Galan, den ich nirgends wieder loswerden konnte. Nicht mal abschütteln vor der Haustür. Musste in seiner Gegenwart noch das Fahrrad startklar machen, fünf Uhr früh, Zug nach Chorin und hier bin ich.«

Zara verkniff sich dann ihr »Wie lange bleibst du?«, das ihr auf der Zunge lag. Freude durfte sie zeigen, planen mit Sofie nicht. Denn unter Druck zog die Freundin sich zurück, wie Mimosen es tun, was auf sie beide zutraf, wie Zara fand. Da fiel ihr ein, dass Mimosen auch schamhafte Sinnpflanzen genannt werden, und sie musste grinsen.

Seit sie hier draußen lebte, wurde sie übersehen. So nahm sie es wahr. Die alten Dörfler wussten zwar, dass eine neue Person in Melchows Haus umging. Übergangsbewohnerin – wer weiß, was nachher kommt? Ob wir in sieben Jahren noch da sind, hatte sich Zara anfangs selber gefragt, als Sofie und sie in den Gartenstühlen saßen, nachdem sie die erste Herbstzeitlose bewundert hatten. Die blühte am Zaun zur Nachbarin.

Zara hörte in ihrer Erinnerung zwei Wildgänse mit ohrenbetäubendem Geschrei und wie im Liebeskampf über den Garten brausen. Das war doch eben erst gewesen.

»Seit den Gewittern ist es kühler«, stellte Sofie fest und zog das Tuch um den Hals, »aber Herbst ...«

»Wird schon wieder«, lächelte Zara und krempelte die Hemdsärmel auf. Ein ewiges Heute hatte sie gewollt, ein einfach Immer war daraus geworden.

»Hab dir die Maße mitgebracht von drei Leuten, die deine tollen Hemden genäht haben wollen«, flocht Sofie vorsichtig ein. Sie wusste, dass Zara das Thema Geldverdienen vermied. Aber ganz ohne Fremdarbeit, wie sollte das gehen?

»Wenn du mich ansimst, um hier vorbeizuschauen, gehst du doch davon aus, dass ich da bin«, sagte Zara langsam und in Gedanken. Sie hatte überhaupt nicht zugehört.

»Soll ich nicht?«, fragte Sofie erschrocken. Nach einer Pause: »Du hast ja Recht. Ich frag dich eigentlich nie, ob's dir passt.«

»Weil's dir klar ist. Ich bin ja hier.«

»Zara, das hast du genau so gewollt!«

»Ich beschwer mich nicht.«

»Weiß ich. Aber es macht auch einsam. Und vielleicht hängt doch so etwas wie ein Fluch an Melchows Haus.« Sofie war an der Vergangenheit dieser Mauern und der Geister darin hochinteressiert.

»Lass das.« Zara sah müde aus. Steinern um den Mund.

Sofie sprang auf. »Was dir eigentlich fehlt«, rief sie, riss sich das safranfarbene Tuch vom Hals, legte es der Freundin um und umarmte sie dann, »ist jemand, der dich so gut kennt, dass er dir was schenkt, das wie maßgeschneidert passt. So wie ich gerade. Irgendwas, das dir fehlt, keine Ahnung! Also im höchsten Fall ja sich selbst.«

Sie mussten beide lachen. Eh sie noch ein bisschen durch den Garten stromerten, hängte Zara das Tuch an ihren Stuhl. Dann brach Sofie auf.

Ich habe also meinen Stuhl hier abgeräumt und nicht ihren, dachte Zara jetzt, erhob sich von der Wiese und brachte das Möbel zurück in die Scheune. Das Tuch nahm sie mit nach vorn. Um den Arm gewickelt, um den Hals wäre es ihr jetzt zu nah gewesen.

Auf der Veranda vorn hing etwas. Schwang im Wind. Mit mulmigem Gefühl, das von übermütiger Aufgeregtheit abgelöst wurde, näherte sie sich.

Schwarz, auf einem Bügel an der Wäscheleine hing es. Mit Borten.

Ein Kleid. Ein seidiges, an Saum und Brustausschnitt fein besticktes Cocktailkleid. Sie machte sich frei dafür und schlüpfte hinein. Passte wie angegossen.

Schaute in das Paar Augen, das sie dabei betrachtete. Spürte die zwei Hände, die den perfekten Sitz von allem an ihr darin überprüften.

Obwohl niemand da war.

Sie ließ die Tür offen und legte sich drinnen aufs Bett.

21.

Ein paar schöne Tage war er nicht schwimmen gegangen. Die Abkühlung nach den Gewittern hätte ihn nicht gehindert, aber Umtriebe im Verein, Vollversammlungen, Gremienpoker, informelle Treffs mit Einzelnen, von denen er hoffte, noch einmal unterstützt zu werden, wenn auch er ihnen entgegenkam.

Aussichtslose Hoffnung. Wobei er so etwas eigentlich beherrschte: Interessen herausspüren, Wünsche der Anderen in eigene Formulierungen einfließen lassen, damit Begehrlichkeiten wecken und das Gegenüber, das diese dann im Gespräch verriet, darauf festnageln. Ihm den Wunsch quasi überstülpen für einen Gegendienst.

Aber diesmal kamen die Angriffe flächendeckend, der große gemeinsame Wunsch des Vereins war es einfach, ihn loszuwerden. Friedhelm Benzler hatte überzogen.

Die Pferdchen waren wieder im Gehege des Nationalparkvereins. Freundlich spottend hatten die Grünmantler, einer nach dem anderen, die Tiere zurückgebracht, achselzuckend, sogar jemand von der LPG war gekommen, der hatte erst ausgespuckt, als er den Stall betrat, dann aber glaubwürdig jedes Interesse der Landwirte am Zoff mit den Nationalparklern abgewiesen und sich noch nett über den Irrsinn der gesetzlichen Regelwut bei der Pferdehaltung ausgetauscht. »Hat mir echt gute Tricks verraten«, hatte die Praktikantin staunend erzählt, die die Przewalskis entgegennahm.

Benzlers Neigung zu jungen Mädchen hatte offenbar eine Rache ausgelöst – von seiner Ex, irgendwelchen Eltern, von sonst wem. Was heißt offenbar, korrigierte er sich selbst – sie sind alle davon überzeugt. Er war die Gefahr.

Er lachte kurz auf, denn ein kleines Glücksgefühl durchrieselte seinen Brustkorb. Mit dem Badebeutel über der Schulter und mit der Vorfreude, die sich hier jedes Mal einstellte, ließ er sich abwärts treiben in Richtung See. Die große gemähte Wiese ging er hinunter und lachte über die lange Reihe aus besorgten, ihn empört anstarrenden Spießergesichtern, die er vor sich sah, Bekannte und Freunde, die ihm ein moralisches Bessersein entgegenstreckten wie Monstranzen. Manche mit zitternden Händen.

Trotzdem: Weiche, Teufel.

So hatte er sich gefühlt mit zehn, fünfzehn, zwanzig, immer zurück war das Außenseiterwesen gekrochen, das er manchmal schon fast begraben hatte. Mit Lena zusammen war es wie erledigt, wie tot gewesen, nur konnte es sich an ihrem Auseinanderleben später umso stärker wieder hochpäppeln – Schatten, den er nicht los wurde.

Benzler wischte das im Vorbeigehen weg, es war seine Stärke, über sich selbst nicht allzu viel nachzudenken. Die erbitterten Gesichter grüßte er mit den Worten: Ihr seid nur neidisch. Damit ging er durch sie hindurch.

Die Gewitter hatten im Wäldchen gewütet, er musste über Birkenstämme klettern und unter gebrochenen Ästen durch. Wenn Madlen auf ihn wartete, hatte sie keine Spur gemacht, leichtfüßig, wie sie war.

Sie wartete nicht. Der Platz mit der Bank an der Birke war leer und aufgeräumt und lag wie unberührt vom Sturm. Das Schilf drum herum war verwüstet.

Benzler zog sich zügig aus, schon lange stieg er nackt ins Wasser, das machten die Älteren im Osten so, er hatte das gern übernommen. Madlen dagegen behielt den Bikini an, sie sprachen darüber nicht. Wenn sie sich in das Dickicht hinter der Birke verzogen und die Decke ausbreiteten, war es egal, sie waren dann aufgeweicht vom Schwimmen und nutzten die biegsame Nässe.

Eine Rohrdommel schlug, dieser tiefe Röhrenton, der nur nachts und frühmorgens erschallt. So zeitig war er, Friedhelm, unterwegs, von allen der früheste Vogel, von all den seltenen Vögeln hier im Landschaftsschutzgebiet der Verantwortliche, immer noch – für Tier und Mensch.

Frösche sprangen davon. Wenn er ins Wasser stieg, wurde nicht gezögert. Der Mann kontrollierte dann Atmung, Herzschlag und Blutdruck und schnitt sich im Schilfgürtel seinen gefühlten Zugang zur eigenen Hautwärme ab; Willenskraft brachte ihn ins Tiefe.

Auf einmal herrlich. Kaltes, irisierendes Wasserlicht. Eisige Frische. Ganz kurzer Krampf, und die Hautwärme kam zurück. Dann die Leichtigkeit des Körpers auf den Wellen. Tauchen. Prusten und Kraulen. Er hatte seine Rituale, eins davon waren sechzig Züge mit äußerster Kraft, dann ein langsames Gleiten dem Ufer zu, auf dem Rücken. Ein anderes war der Blick den Hang hoch zum Auto.

Gelb blitzte sein Cabrio in der Sonne.

Dann Freistil. Er schwamm und drehte sich wie ein Delphin.

Sie würden ihn schon wieder brauchen. Auch Madlen machte sich sicher rar der Gerüchte wegen. Hätte er Zeit gehabt, sie hätten darüber gesprochen. Die Lehrlingsprüfung stand an, und was er ihr an Grundrechenarten und Rechtschreibregeln beibrachte, war unbezahlbar, das kriegte sie alles umsonst. So wie seine Mediationskurse im Verein, ehrenamtlich. Die Leute, die ihn jetzt zum Monster erklärten, wussten doch eigentlich, wieviel Gemeinsinn er hatte. Wer von denen würde denn im Ministerium die Verhandlung fortführen über die kommerzielle Rangerfirma, die kurz vor der Gründung stand? Seine Idee.

Wieder kraulen, vierzig Züge mit aller Kraft. Keiner konnte das so.

Seit er die Schule verloren hatte, war ihm kein Fehler mehr unterlaufen. Aber die Grünmantler lehnten ihn ab. Groß geholfen hatte ihm da auch der Vorsitz im

Kulturverein nicht. Lenas Neuester – und er schlug den auch noch vor als Eröffnungskünstler.

Manchmal schaute Benzler auf sich herab und konnte zusehen, wie er immer mehr einsank im feuchten Treibsand der Provinz. Auch, dass er kraftvoll und mitreißend war, half da nichts. Er sank. Sank zurück zu dem kläglichen Außenseiter, der höhnte, weil er nicht untergehen wollte.

Andererseits: Diese Pracht hier. Wie albern die kleinen Sorgen. Über sechzig Meter Tiefe schwamm er hin, ein Meteorit hatte vielleicht einmal dieses Loch in die Erde gerammt, das zu dem See wurde, den er so gerne bezwang. Das kleine Wäldchen am Südufer war schon erreicht, Erlen und Buchen zwischen zwei hohen Fichten, ganz vorn am Gestrüpp eine Trauerweide. Herrlich, dieses Ensemble.

Wo in Deutschland gab es das denn noch, und umsonst? Das musste gut geschützt werden – wie oft hatte er schon überlegt, diesen See zu kaufen. Für den Verein oder sogar als Privatmann. Und dann abzusperren. Möglich war das bestimmt. Er bezweifelte bloß, ob es hilfreich für ihn war.

Kamen da Jugendliche mit Fahrrädern? Doch noch Madlen? Oder die zarten Sonnenbader von der Shilo Ranch, ein Balettensemble aus Neuseeland, das nahebei in einem abgelegenen Schloss für ein jährliches Tanzfestival probte?

Nein!

Der wandernde Strahl war das Gelb seines Autos. Er kniff die Augen zusammen. Es setzte rückwärts und fuhr davon.

Verdammte Scheiße!

Um an nichts weiter zu denken, sich nicht ins Wort zu fallen, zählte er die Kraulschläge bis zur Einstiegsstelle, dreihundertsechsundzwanzig – neuer Rekord, hastete durch den Schlick, erwischte eine Quappe mit dem linken großen Zeh, stürzte sich auf das Kleiderbündel. Alles da, Geld, Kreditkarten, Ausweis.

Nur das Handy fehlte. Und der Autoschlüssel natürlich. Die wollten sein Auto und ihn hier festnageln für eine Weile.

Allmählich normalisierte sich sein Atem. Er zog sich ohne Eile an.

Wer waren die bloß?

22.

Sie klopfte dreimal kurz, einmal lang. Vielleicht war es zu spät. Licht brannte keines mehr in der *Fröhlichen Kurve* und Raucher im Vorgarten hockten auch keine herum. Obwohl es ordentlich duftete. Sie versuchte mit ihrem Mentholqualm den Hanfdunst ein bisschen einzudämmen, ihn nur freundlich zu ergänzen, mehr war nicht drin.

Aus allen Löchern dampfte es in die Nacht.

Da öffnete Uli doch noch die Tür.

»Sperrstunde, Nachtwächterrunde«, knurrte er. Einen Waschlappen auf der Stirn.

»Hat's dich aus der Kurve geworfen«, grinste Dagmar und boxte den Wirt in die Seite, »haste fröhlich schlappgemacht?«

»Sorry, zu spät jetzt für sowas«, stellte Uli fest.

»Alles klar. Ohne Drumherum möcht ich einfach nur wissen, ob's bei deiner Hilfe bleibt.« Ihre Stimme war leise geworden. Sehr deutlich auch.

Uli winkte Dagmar in den Vorbau. Er sah besorgt aus. »Ich hab ja zugesagt, blauäugig wie ich bin. Aber worum geht's denn eigentlich?«

»Also: Stufe eins ist schon in vollem Gang. Morgen wird das gelbe Cabrio vom Benzler auf der Hochebene beim Windrad steh'n, und Stufe zwei ist dann, dass wir ihn da abfangen noch vor den Faschos. Ich hoffe, das hab ich gut genug eingefädelt.«

»Und ich?«

»Du sollst ihn hier aufnehmen. Hinten im Nebengebäude, in 'ner Art Festungshaft. Lass deine Leute gröhlen, mach deinen üblichen Betrieb, er hört das nur gedämpft aus seinem Gefängnisställchen. Optimal.«

»Wie lange?«

»Zwei, drei Nächte.«

»Was aber ist der Haken, gnä' Frau?«

Sie tippte mit dem langen Fingernagel gegen den Waschlappen an Ulis Stirn, er schrie ein bisschen auf.

»Du musst als erstes Rolle helfen, das ist der Junge, der gerade das Auto zum Windrad schafft. Er wartet dort auf den Lehrer und soll seine Fascho-Kumpels informieren, sobald der gekommen ist. Dann musst du da sein. Ihr müsst Benzler überwältigen, und wenn du ihn hier hast, musst du dich aufführen wie der Scharführer Kantack. Siehst ja auch fast so aus. Benzler muss glauben, die Rechten hätten ihn geschnappt ...«

»Und wenn dieser Kantack zufällig in den Tagen mal selber vorbeikommt?«

»Kam der jemals in die *Fröhliche Kurve*? Und wenn, dann verhalt dich wie immer. Darf nur nichts mitkriegen, aber wie sollt' er?«

»Das war doch nicht der ganze Haken?«

»Du bist ein Rechter, solange du den Lehrer versorgst. Wenn ihn sonst noch wer versorgt, sind das auch alles Schein-Rechte. Kriegst paar Texte von mir, die lest ihr vor, spielt deren Musik, ruft Todesstrafe für Kinderschänder, Blutreinheit, Überfremdungspanik, das ganze Dreckszeugs.«

»Schöne Scheiße. Wozu das?«

»Wirst schon sehen. Wenn's vorbei ist, wirst du drüber lachen. Und die Arschlöcher werden weinen.«

»Also morgen kommt ihr?«

»Wenn Benzler sich zu seinem Auto wagt. Davon hängt's ja ab. Und dann muss es absolut schnell gehn. Dieser Rolle hat deine Nummer.«

»Also, wenn's der Wahrheitsfindung dient ...«

»Ich danke dir, mein Uli.«

»Man sieht sich und man zieht sich.«

Sie umarmte ihn.

Knurrend schloss er das Lokal von innen ab.

23.

Ibo hatte den Fiat Panda vollgeladen mit Zeug, das Corinna gehörte. Hatte diese Menge nicht erwartet. Während er Kisten nach unten trug, wurde ihm klar, wie sehr seine Ex versucht hatte, sich hier einzurichten. Lieblings-CDs, Bücher, Alben, sogar eine uralte

Brennschere, die Mikrowelle aus ihrer Studentenbude, ein Schaukelstuhl – aufgereiht auf dem Boden unterm Dach. Auch zwei Kleiderkisten, die hatte er weggestellt, als es aus war, Corinna hatte nie mehr danach gefragt.

Er erinnerte sich nur noch an seine Enttäuschung, dass Corinna nicht mehr aus sich machen wollte als reich zu werden. Und wie sie den Einflüsterungen dieses Finanzberaters erlegen war. Mit Kreditaufnahme und schönheitsdermatologischem Alternativschmus. Jetzt fragte er sich, ob er hier gerade die Spuren eines misslungenen Nestbaus beseitigte, den er damals gar nicht bemerken wollte? Als er ein Kästchen mit Corinnas Briefen, einem Tagebüchlein, aber auch Samentüten für Rittersporn und Akelei, ihren Lieblingsblumen, nach unten trug, war es ihm klar. »Wenn du das Auto zurückbringst, pack alles, aber wirklich auch alles von mir da rein.« So hatte Corinna ihn angewiesen. Er hatte den dringlichen Tonfall überflüssig gefunden.

Er sah sie noch im Vorgarten stehen, die Wellblechüberdachung mit beiden Händen prüfen, dann die Arme ausbreiten, und hörte sie sagen: »Schönes Fleckchen. Hättest mich beim Aussuchen ruhig dabei haben können – aber gut ...« Mein Haus, hatte er da beinahe ängstlich gedacht. Sie hatte ihm das bestimmt angesehen. Und deshalb diese andere Bemerkung, die ihm jetzt zusätzlich einfiel, nicht gleich gemacht, sondern erst abends, in einem griechischen Lokal unterwegs, kurz vor Ahrensfelde, wo es laut war und rammelig: »Ich wollte immer ein Kind auf Kreta großziehen. Hier is' doch auch ganz gut.« Er wusste ums Verrecken nicht, wie er da reagiert hatte. Bestimmt war ihm schnell ein wichtiges anderes Thema gekommen.

Und sie nie mehr dahin zurück.

Ibo wurde es schwer ums Herz. So wenig wert war er, und sein Gedächtnis erst? Was hatte er noch alles übersehen? Er warf das Kästchen vorn auf den Beifahrersitz.

»Und wo sitz ich«, rief Lena, die plötzlich aus dem Haus sprang in violetter Bluse und Lederrock, eine Reisetasche über der Schulter, »kein Platz für mich, weder hinten noch vorne?«

Natürlich wollte sie mit und so weit fort wie möglich – Ibo hatte die Möglichkeit, ihr Zusammenleben auf engstem Raum abzukürzen, sofort am Schopf gegriffen und ihr freigestellt, bei der Abschiedsfahrt mit dem wackligen Panda dabei zu sein. Ja, er hatte ihr auch ein Treffen mit den Leuten von *Straßen ins Nirgendwo* in Aussicht gestellt. Das musste er jetzt nur noch organisieren. Je schneller, desto eher wär er sie los.

Die Trauer klang wieder ab.

Sein Haus – und Amen. Er klemmte das Schächtelchen zwischen zwei Kisten auf den Rücksitz, warf Lenas Reisetasche drauf, klopfte einladend mit der rechten Hand auf den freien Sitz neben sich, ließ Lena das Haus abschließen und streckte, nachdem sie sich gesetzt hatte, fordernd die Hand nach dem Schlüssel aus. Den sie ihm gab. So war es richtig.

Sie schwiegen auf der Fahrt. Ibo wählte kleinste Schleichwege zur Autobahn, wollte dem italienischen Gefährt noch einmal die Schönheit der Gegend vorführen, eh es für immer durch ödere Gefilde tuckern würde. Von einem Fremden gelenkt, denn Corinna würde solch ein klappriges Auto nicht anrühren, sie wollte es nur der Form halber zurück. Von ihm, dem Berserker seiner Ichbesessenheit.

Er verstand das jetzt. Seiner Schwäche besser gewachsen war die da neben ihm, die dauernd fragte: »Wieso hier lang, wie fährst du eigentlich?« Und wenn er bei den Serienmachern in der TV-Maschinerie noch eine Stimme hatte, würde er sie sehr empfehlen für Akquise und Dramaturgie, wenn jemand mit Dramen umgehen konnte, dann sie. Auch welche anzetteln so wie keine.

Er warf Lena erheitert einen Seitenblick zu. Sie merkte es nicht, guckte irgendwo nach draußen zum Hügel zwischen zwei Meilern, verbunden durch Schotterwege und eine asphaltierte, aber für die Öffentlichkeit gesperrte Zufahrt zu einem einzeln stehenden Windrad.

»Halt mal kurz«, sagte sie leise.

Ibo hielt.

»Siehst du das Gelbe?«

Er sah es erst nicht. Wenn man die Augen zusammenkniff, hob es sich hinter den Brombeerbüschen ab, der Rest eines hinteren Kotflügels, gelb wie das ganze Auto, das schräg in den Graben neben der Zufahrt geparkt war. Kaum sichtbar vom Schotterweg. Sie gingen darauf zu. Das Verdeck hochgezogen, der Schlüssel steckte. Sie schritten das Fahrzeug ab, Lena sah aufgeregt durch die Scheiben, öffnete und schloss die Fahrertür.

»Friedhelms Karre. Ich hab' Angst«, sagte sie zu Ibo. Etwas in ihr hielt noch zu dem angetrauten Mann.

Ibo nahm ihre Hand und dachte einen Augenblick an Corinna. Gleich darauf sah er eine Kette von unbekömmlichen Abfolgen vor sich, Polizeianruf, Vermisstenmeldung, Begründung des eigenen Vorhabens. Warten.

Er drückte die Hand fester. Wird schon nichts passiert sein – das wäre der dümmste Satz jetzt.

»Ich krieg den Verdacht nicht los, dass uns jemand beobachtet.« Während er das aussprach und dachte, dass ihm manchmal zu lügen ganz gut gelang, bekam er das Gefühl, dass er eigentlich etwas Wahres gesagt hatte.

Jemand beobachtete sie. Er wollte nicht wissen, wer. Auf Lena wirkte der Satz nochmal anders.

»Genau«, rief sie, »wahrscheinlich hockt das Schwein mit seiner Kleinen im Gebüsch, hat uns längst bemerkt, ihr den Mund zugehalten und wartet, bis wir endlich abhauen, bis wir Trottel die Kurve kriegen ...«

Sie war immer lauter geworden, bis Ibo ihr – wie der herbeifantasierte Benzler dem Mädchen, das bei ihm war – den Mund zuhielt. Und dabei spürte, wie sie das mochte.

Den Weg zum Panda liefen sie schweigend zurück und fuhren danach sehr schnell. Holten auf der B 158 aus dem alten Kasten raus, was ging.

24.

»Augenblick erstmal!«

Der Polizist schob den aufgeregten Herrn hinter die elektronische Schranke und schloss sie.

»So. Das beruhigt.«

»Ich bin ruhig.« Benzler atmete demonstrativ langsam und schaute den Beamten herausfordernd an. Wollte ihm folgen. »Mein Auto wurde gestohlen!«

»Nö.«

Der Polizist zeigte auf eine Warnlampe an der Schranke, die rot aufblinkte.

»Sie weigern sich, meine Anzeige zu Protokoll zu nehmen?«

»Nö.«

»Mein Auto wurde gestohlen!«

»Sagten Sie schon.«

»Honda Accord Coupé, Baujahr 13, gelb! Amtliches Kennzeichen …«

Die Lampe hatte jetzt aufgehört zu blinken. Als Benzler mit dem Arm an die Schranke kam, ging sie überraschend auf, und er stolperte in den Wachraum.

»Ich hab den genauen Standort notiert«, rief er eifrig und suchte in den Taschen seines Jackets.

»Zurück«, knurrte der Uniformierte, griff Benzler an Schulter und Rücken und schob ihn aus dem Wachraum wieder raus.

Der Lehrer sah den Polizisten fassungslos an.

»Lasset jut sein, Schorsch«, hörte man eine Stimme im Hintergrund.

Der Polizist ließ los.

Ein zweiter, glatzköpfiger, bärtiger Uniformierter kam ein paar Stufen herunter auf Benzler zu.

»Wachthabender Steimel mein Name, Sie müssen entschuldigen«, sagte er und streckte die Hand aus.

Benzler reagierte nicht.

»Ich kann das Verhalten meines Kollegen erklären«, bot der Bärtige an.

Benzler sah weiter fassungslos aus. Lautes Klirren hinten im Raum, es klang wie Metall. Der Bärtige zog die angebotene Hand zurück. Der Lehrer und er starrten sich an.

Nach einer Pause sagte Benzler: »Vielleicht lege ich gar keinen Wert auf Erklärungen. Ich will Anzeige erstatten.« Er dachte: Warum gelingt mir manchmal das Erreichen eines Gegenübers so gar nicht?

Polizist Steimel nickte: »Ich weiß. Wir machen das auch gleich.«

Benzler dachte: Gottseidank passiert das selten. Laut sagte er: »Ach, das wäre fantastisch ...«

Der Wachthabende Steimel setzte freundlich zu einer Erklärung an. Er zeigte im halbdunklen Raum dorthin, wo es gerade wieder klirrte: »Jener Kollege hat seinerzeit Ihre Anzeige aufgenommen wegen der entwendeten seltenen Pferde, dieser ...«

»Przewalskis«, wurde von hinten gerufen. Benzler konnte sich denken, was kam und mochte es nicht hören.

»Sie werden sich sicher denken, was kommt«, fuhr Steimel fort, »und möchten es nicht hören – was Sie aber nicht wissen: Welche Mühe es bereitet, für sieben angeblich entwendete Freiluftsäugetiere im Grenzgebiet die allfälligen Formulare zu finden und auszufüllen. Schon, ob es sich um Nutztiere, eine Zucht oder eine Gruppe Haustiere ohne wirtschaftlichen Verwertungszweck handelt, ist nicht leicht zu entscheiden. Zumal dafür in beiden Ländern, die von dem Diebstahl tangiert sein könnten, unterschiedliche, sich sogar widersprechende Vorschriften existieren. Das kann Ihnen als Geschädigtem egal sein. Sie wollen die Tiere zurück beziehungsweise amtlich beglaubigte Bestätigungen ihrer Absenz für die Versicherung. Und wenn Sie sich recht erinnern, Sie waren uns seinerzeit bei der Aktenaufnahme keine große Hilfe. Sie waren im Wesentlichen erregt durch den Diebstahl. Natürlich sind wir auch dafür da, die Geschädigten zu beruhigen. Wir tun das ja auch. Der Kollege da drüben …«

Es klirrte wieder.

»… hat sich seinerzeit ganz besonders für die Klärung Ihres Falls aus dem Fenster gelehnt. Krach riskiert mit der polnischen Seite. Überstunden geschoben. Was sage ich, nicht seinerzeit … das Ganze ist drei Wochen her …«

»Weiß ich!«, rief Benzler. Er bekam Zutrauen, jetzt doch einen richtigen Ton zu treffen.

»Sie wissen immer«, bestätigte der Wachthabende eine Spur lauter, »Sie sind ja Lehrer und Umweltschützer und korrigieren berufsmäßig Ihre Mitwelt. In gewisser Weise verbindet uns das. Aber das Maß des Risikos …« Er hob den Zeigefinger, bemerkte es, lachte auf. »Sehen Sie, jetzt wirke ich selbst wie ein Lehrer, sobald ich so gefahrlos daherplaudere … Das Maß des Risikos«, er wurde noch eine Spur härter, »das trennt uns auch. Ich lege ein Täterprofil falsch an, verfolge einen Mann, dessen Umfeld Rache schwört und mich den Irrtum körperlich spüren lässt, Sie beschuldigen munter und ungebremst Mitbürger, Genossenschaftler, fackeln nicht oder vermuten, nein, Sie wissen! Und zwar sofort! Ohne Schaden zu nehmen durch Fakten und Selbstzweifel, so standen Sie hier, erinnern Sie sich? Vor drei Wochen! Jedem Verdacht nachzugehen sind wir verpflichtet, die Vermutungen eines Ehrenmannes wie Ihnen ernst zu nehmen von Amts her, Sie haben die Presse hinter sich, die Politik, wer mit Ihnen zu tun kriegt, hat einen Schleudersitz. Wir holen uns nur die blutigen Schnauzen, mal wieder falsch kombiniert oder, viel schlimmer, die Straftat vertuscht, weil sie uns gar nicht so fremd sind, die Bösen und Rechten am Ostrand der Republik, uns verblödeten Bullen, die allesamt davon träumen, noch einmal so fuhrwerken zu können wie damals hinter der Mauer. So redet ihr doch an euren veganen Stammtischen? Stimmt's? Oder hab ich Recht?«

Der Versöhnungszeitpunkt war wohl verpasst. Was Benzler einwerfen würde, sein Gegenüber würde es wie ein feuchtgewordenes Werbeblatt knüllen und ihm vor die Füße werfen.

Trotzdem sagte er: »Ich wollte helfen.«

Eine Pause entstand.

Weiter weg wurde das geschleuderte Metallteil diesmal im letzten Moment noch aufgefangen.

Die Pause dauerte.

»Das genau wollten Sie nicht«, sprach Wachthabender Steimel langsam und entschieden.

»Doch, ich wollte Sie mit Informationen versehen, um die gestohlenen Pferde dem Verein schnellstmöglich zurückzuverschaffen und die Räuber dingfest zu machen«, erklärte Benzler so konziliant wie möglich und so gleichmütig, wie ihm nötig schien.

»Ach Scheng«, lachte Steimel und rieb sich amüsiert die Glatze.

In Benzler stieg ein Verdacht hoch. Er sagte: »So, wie ich es jetzt auch versuche. Mein Auto wurde gestohlen. Ich war beim Schwimmen, jemand ist damit weggefahren, ich habe vom Wasser aus zugesehen. Diesmal äußere ich keinen Verdacht, aber meine Karre ist weg, versteht mich denn keiner?«

Eine weitere Gestalt erschien auf den Stufen, eine kleine uniformierte schwarzhäutige Frau, die neugierig näherkam.

Sie flüsterte dem Wachthabenden etwas ins Ohr. Der lachte auf. Im Hintergrund schepperte wieder das Metallteil zu Boden.

»Sie haben uns Arbeit gemacht bis zum Geht-nicht-mehr, Herr … und dann brachten die böse Beschuldigten, all die Genossenschaftsbauern die Pferdchen, die Ihnen abhanden gekommen waren, zurück. Freiwillig!«

Der Wachthabende schlug sich lachend auf die Schenkel. Die junge Frau und der Schepperer flankierten jetzt ihren Chef. Alle drei kriegten sich nicht mehr ein vor Lachen.

Benzler hatte die Sprachmelodie des Glatzkopfs geradezu im Blut, und wie lange hatte er das rheinische »Scheng« nicht mehr gehört?

»So, um das Ganze abzuschließen«, fasste Steimel nun zusammen und war wieder mühsam ernst, »um dem vorigen Vorgang sozusagen die gleiche Pointe noch einmal zu verpassen, erzählt mir die junge Kollegin hier«, er zeigte auf die Schwarze, die einen trotzigen Flunsch zog, »dass Ihr gestohlenes Fahrzeug gefunden wurde. Kein angeblicher Dieb hat es vorbeigebracht, nein, es hat sich auch nicht selber hierher gesteuert, Frau Welk hat es nur auf der Streife entdeckt, notiert und gesichert. Es steht im Freien und ist also da und vorhanden. Wenn jetzt die Angaben in Ihren Papieren mit denen der jungen Kollegin übereinstimmen ...«

»Von mir aus könn' wir glei los ...«, sagte die Polizistin.

»... und wenn der Herr die Anzeige diesmal fallenlässt?«

»... und uns sinnlose Arbeit erspart ...«, ergänzte der Schepperer und riss die Arme hoch mit den Handflächen nach außen.

Benzler ließ den Wortwechsel über sich ergehen, einfach so. Die drei sahen ihn fragend an. Dann zeigte er auf Steimel und sagte: »Sie sind nicht von hier, stimmt's?«

Man hielt den Atem an.

»Woher wissen Sie?«

»Ich tippe auf südlich von Köln. Unkel, Rheinbreitbach?«

»Fast«, staunte Steimel. Seine Glatze glühte. »Bad Hönningen wäre richtig gewesen.«

»Bad Hönningen. Da hatt' ich mal einen Schatz. Ich komme aus Angermund.«

»Ein Düsseldorfer«, rief Steimel.

Der Schepperer hätte jetzt gern das Metallteil, das am anderen Ende der Wache liegengeblieben war, sofort zurückgehabt. Und die schwarze Polizistin machte ein Gesicht, als würde sie denken: Mal einen Schatz, wie bescheuert klingt das denn.

»Kommen wir ohne Formalitäten klar? Sie setzen sich zu Frau Welk ins Auto und lassen sich von ihr zu dem fahrbaren Untersatz bringen?«

»Und die Diebe ...«, wandte Benzler ein.

»Die Diebe«, lachte Steimel, »vergessen Sie nicht, Herr Studienrat, woher wir zwei stammen. Leben und leben lassen, nicht wahr?«

Benzler wurde es warm ums Herz. Außerdem sah diese schwarze Frau Welk so ganz anders aus als ihr Name.

»Wusst' ich's doch«, grinste Steimel. »Wie lang sind Sie schon hier oben?«

»Gut zwanzig Jahr«, brummte Benzler.

»Haufen Zeit«, nickte Steimel, »bei mir werden's fünfzehn. Seh'n wir uns mal auf'n Bier?«

»Wenn's kein Kölsch sein muss«, grinste Benzler – und beide fühlten sich in dem Augenblick, wie sich vielleicht koloniale Briten gefühlt hatten an einem rauen Flecken im Commonwealth nach dem Austausch von ein paar heimischen Floskeln.

25.

Kerzen waren auf dem Tischchen verteilt, Vorhänge zugezogen, Kaffee und Tee aufgesetzt, die Küche roch nach frisch gebackenen Keksen, Banane-Buttercreme. Sie biss in einen. Sie hatte einigen Aufwand getrieben, so richtig wohl war ihr nicht dabei gewesen. Das Geschenk verlangte danach, fand sie, aber auch, dass sowas eigentlich nicht ihrer Art entsprach.

Hastig rauchte Zara eine Zigarette, um nicht noch aufgeregter zu werden. Sie wusste mittlerweile, Krassow mochte Zigaretten nicht so sehr.

Manchmal fühlte sie sich auch ungemütlich in dem kleinen Schwarzen, dem Fetzen, wie sie es nannte. Immer wieder probierte sie es neu. Heute zum Beispiel fand sie, es stand ihr an Schulter und Hüfte etwas ab. Jeden Tag war das anders.

So perfekt wie am ersten Abend passte ihr das Kleid nicht mehr. Sie lief noch mal vor den Spiegel.

Die vom Sommer gebräunten Arme. Die Tönung wurde von den Pailetten im Schulterbereich fortgesetzt. Ihre Brüste im Ausschnitt hoben sich heller davon ab.

Nein, es stand ihr verdammt gut.

Er würde nicht klingeln oder klopfen, darauf war sie gefasst. Krassow stand gerne mal plötzlich im Zimmer. War dann einfach da. Gewöhnlich schwieg sie dazu, und er schwieg auch, legte vielleicht einen Arm um sie. Das hatte sich schon so eingebürgert. Aber diesmal ohne ein Werkzeug, darauf hatte sie bestanden. Sie hatte das Gesagte dabei mit übertrieben großen Gesten verdeutlicht. Er hatte sich ein Lachen mühsam verkniffen. Manchmal mochte er es, von ihr als taubstumm behandelt zu werden. Nur manchmal.

Sie überlegte, ob schwarzer Nylon an den Beinen nicht passender wäre. Nein, die bloße Haut machte das knielange Kleid auf jeden Fall schöner. Und der Kratzer vom Stachelbeerbusch an der Wade gab ihm sogar eine edlere Note. Wieder probierte sie noch eine andere Brosche und wechselte die Sandalen, diesmal mit Hochhackigem, das sie eigentlich nicht mochte, schmal, schlicht, beige, aber steil. Das würde ihm gefallen, sie war sich sicher.

Surrton vom Handy. Jetzt bitte nichts von außen. Tagelang meldete sich keiner und ausgerechnet im Abenddämmer ihrer Verabredung ... Sie schielte aber doch noch aufs Display, bevor sie Sofies Anruf mit schlechtem Gewissen wegdrückte.

Jetzt könnte er wirklich kommen.

In der Küche röchelte die Kaffeemaschine erschöpft. Sie hatte es schwer wegen des hohen Kalkgehalts im Leitungswasser, da musste mal wieder Essigessenz ran.

Er würde natürlich trotzdem seinen Zitronentee trinken und erwarten, dass auch sie wenigstens eine Tasse davon nahm. Mochte er dieses Getränk eigentlich wirklich so gern oder rief es den Zauber ihres ersten Beisammenseins wach?

Jetzt, wo er immer noch wegblieb, hatte sie keine Lust, den Tee zu kosten. Der Kaffee belebte allein mit seinem Duft.

Und wozu das alles? Wenn er wegbliebe ... der Tag wäre trotzdem erinnernswert, würde leuchten in ihrem Tagebuch, dieses Heute mit Einkleiden, Umkleiden, Backen und Vorbereiten. Der Tag war so schnell verflogen. Das hatte sie nicht so oft. War nicht mehr einsam gewesen, obwohl allein wie fast immer.

Es polterte. Nicht an der Tür, von irgendwo draußen.

Dann wieder Stille.

Sie wollte jetzt auf keinen Fall warten. Startete eine CD und würde sich weiter um kein Geräusch mehr kümmern. Emmylou Harris, *A Deeper Well*.

Wenn es um Musik ging, kam Krassow seine Taubstummenrolle gerade Recht, er konnte wundervoll weghören bei allem, was ihn gleichgültig ließ. Eigentlich hörte er quer mittendurch – wie ein betrunkener Fußgänger, der eine Schnellstraße überquert mit keinem anderen Instinkt als dem, rüberzukommen. Alle weichen bremsend aus, er zieht seine Bahn.

»Du störst mit deinem Geheul, merkst du das gar nicht?«, hatte sie neulich gerufen, als er zu melodischen Klängen ein Stöhnen dazu blies, das überhaupt nicht passte.

Und beide zum Lachen gebracht hatte.

Seit wann waren sie sich so nah? Schnell war es gegangen. Passiert war nicht viel.

Kein Grund, darüber jetzt nachzudenken, fand sie.

Das Poltern draußen vermischte sich mit der Musik Sie lauschte kurz und öffnete dann die Flurtür. Stille, die Kerzen flackerten.

Zum Rhythmus des Blues wirbelte sie durchs Zimmer: »Ready for the blood, ready for the honey«, hauchte sie mehr als sie sang, aber der Schwung, den sie mit den hohen Hacken bekam, war beeindruckend. Frech schob sie aus den Hüften heraus das kleine Tischchen ein bisschen vor sich her. »Looking for the water from a deeper well«, rief sie und warf sich gleich in das nächste Stück, walzte im Dreivierteltakt mit einer hohen Stimme gleichlaut wie Emmylou durch ihr Zimmer.

Krassow lehnte staubig in der Tür. Vielleicht schon seit einer Weile, war wohl aus dem Keller gestiegen, sie hatte es nicht bemerkt. Der Blick seiner blauen Augen war hingerissen.

»I'm hanging in the balance«, sang Emmylou, als Zara die Musik wegschaltete.

Krassow ging auf sie zu und wies seine leeren Handflächen vor. Kein Werkzeug dabei, wie besprochen.

Sie nickte grinsend und trat vor ihn. Er sollte sie jetzt bewundern in ihrer von ihm gestifteten Pracht. Vielleicht doch besser barfuß, fand sie und streifte die Schuhe wieder ab.

Krassow blieb starr. Hatte sich fein gemacht mit tiefrotem Hemd und Anzug in Beige, sogar einen roten Stern im Revers, musste aber in ein paar Spinnweben geraten sein auf seinem Weg hier ins Haus. Die vergaß er jetzt abzuklopfen. Er starrte Zara von oben bis unten an, ein Lächeln um den Mund und so ruhig, als wären sie sich längst vertraut. Nur am Zittern der Hände nahm sie wahr, wie er unter Spannung stand.

»Siehst du mich«, fragte sie leise, »steht es mir gut?«

Das Grunzen, das antwortete, klang so kläglich, dass er es sofort abbrach. Er leckte sich die Lippen. Schloss die Augen, dann sah er sie wieder an.

Diesmal, so spürte sie, nahm er jede Einzelheit wahr. Sie bewegte sich ein bisschen vor ihm und fragte freundlich: »Wie hast du bloß so genau gewusst, was mir steht?« Als sie es sagte, passte ihr dieses Kleid wieder richtig.

Krassow strengte sich an, nicht zu sprechen. Das Hören war ja viel schöner. Stattdessen fasste er sie an den Schultern. Sie machte sich leicht und lehnte sich seiner Berührung entgegen. Beide schwiegen, sie spürte die Handflächen wandern, abwärts von den Achselhöhlen an den Brüsten vorbei in die Mulde des Nabels, über Hüftknochen, über die Schenkel bis an die Stoffgrenze. Und wieder hoch.

Zara hatte gewusst, dass es genauso kommen würde.

Krassow hatte geahnt, dass sie ihm das erlaubte. Er atmete hörbar aus.

»Küss mich jetzt« – da war es schon passiert.

Als seine Lippen auf ihren waren, sorgte er für die Begegnung der Zungen.

Seinen Geruch nach Holzspan und feuchtem Stein, vermischt mit Rosinen empfand sie als köstlich. Dann fiel ihr etwas ein. Sie schob ihn ein bisschen von sich weg.

»Karl«, sagte sie zu ihm leise, »ich hab einen tollen Wein im Keller, den hol ich jetzt, das ist doch genau der Moment ...«

Er hielt sie fester. Die Stiche, die er immer fürchtete, setzten ein, und er schüttelte den Kopf.

Während sie Auge in Auge einander anschauten mit einer wachsenden Frage, bewachte Krassow die Kellertür wie der steinerne Gast. Ließ sie einfach nicht durch. Bleib, befahl er leise, als sie dann halb scherzhaft versuchte, unter seinem Arm durchzukriechen und er sie wie im Spaß daran hinderte.

»Was nun?«, fragte Zara. Ihre Stimme wie eine Glocke, die über dem Abgrund zwischen wütend und spaßhaft schwang.

Krassow deutete zaghaft durch die offene Tür. Im Zimmer lockten die Kerzen.

»Das ist mein Keller, weißt du«, sagte Zara, fast gegen ihren Willen.

Dann drehte sie sich weg, lief ins Zimmer, schlüpfte in ihre Pumps, jubelte hausfrauenhaft: »Ach, wir haben ja Tee und Kekse …«, stellte das Kekstellerchen heftig auf das Tischchen, ein Kerzenlicht erlosch im Windzug, und warf sich mit hochgestellten Knien in einen Sessel.

Höchstens eine Minute war vergangen. Krassow kam auf sie zu und sah sie bittend an.

»Entspann dich«, lachte Zara.

Er setzte sich zögernd ihr gegenüber, atmete aus. Jetzt hatte die Glocke im Guten geläutet. Seine Nerven beruhigten sich ein wenig und sein Blick wanderte über den Körper der Geliebten. Das Kleid hatte er wirklich gut ausgesucht, fand er, trotz allem. Und dass ihm manchmal auch etwas gelang.

»Wo waren wir?«, fragte Zara. Sie hockte sich vor ihn und nahm sein Gesicht in die Hände. Es glühte.

26.

»Sehen Sie's, in den Brombeeren hinterm Windrad?«

Er sah da drüben etwas gelb schimmern.

»Sie müssen mich da nicht hinfahren«, brummte er, »den Rest schaff ich. Danke schon mal.«

»Hier ist der Schlüssel. Ich fahr gern weiter, Sir.«

»Unnötig.«

Benzler wollte eine Schlappe wettmachen. Vorhin hatte er Frau Welk gefragt, wohin sie denn eigentlich so ausginge abends in diesem kinolosen Ort und was sie ihm denn empfehlen könne. Sie hatte nur geantwortet: »Zweierlei«, und dabei aus ihrem Schmollmund eine imaginäre Locke aufs Borstenhaar ihres Hauptes gepustet.

»Zweierlei?«, hatte Benzler erwartungsfroh gefragt.

»Wo Sie abhängen, würd ich ni hingehn, und wo ich hingeh, komm' Sie ni rein.«

Dem war nichts hinzuzufügen.

Trotzdem hatte Frau Welk noch gesagt: »Sie leben doch selbst hier seit Jahr'n, Sir.«

Worauf er nicht antworten mochte. Sich auch nicht ärgern über das Neger-Klischee, das sie selbst provozierte mit dieser albernen Anrede. Aber trotzdem blöde weitergebohrt. »Und Sie, Lady?«

Da hatte Frau Welk nur den Kopf geschüttelt in Richtung der freien Natur draußen, nicht mehr zu ihm hin.

Das war es dann gewesen mit dem Gespräch. Der Polizeiwagen hielt. Benzler stieg aus. Eine kleine Staubwolke hüllte ihn ein, als das Fahrzeug quietschend wendete.

Vielleicht hätte er zu der Polizistin neutraler sein sollen, dachte er, als er in Richtung des gelben Flecks losstapfte. Den ADAC könnte er natürlich auch holen, der würde ihm beispringen, falls am Auto etwas kaputt war. Damit er so schnell wie möglich hier wegkam, weg aus der Rache, die irgendwelche Leute an ihm ausübten. Er würde dieses eine Mal schön leise und sachlich bleiben, egal, was passierte, das schwor er sich.

Richtig reingefahren ins Gebüsch hatten die seinen Wagen. Eine Mordswut stieg in ihm auf. Wer? Und wofür?

Er würde den Vorgang natürlich zur Anzeige bringen. Sein Recht würde er schon beanspruchen.

Vielleicht sollte ich demütiger sein, dachte etwas in ihm. Und dass er ja eventuell auf Hilfe angewiesen war. Der ADAC würde ihm beispringen – es schüttelte ihn, als er dieses Wort jetzt zum zweiten Mal dachte.

Benzler lachte laut auf. Hier war er ganz für sich, hier durfte er ja wohl lachen, so oft und so laut er konnte. Die ganze muntere Gesellschaft, die er für sich selber darstellte, lachte jetzt laut auf.

Dann fiel ihm ein Wort ein, das alle verstummen ließ: mutterseelenallein. »Jetzt ist aber Schluss«, sagte Benzler laut zu sich selbst.

Sein Coupé sah beulenlos aus. Er umrundete das Fahrzeug in dem Brombeergebüsch, soweit das ging.

Noch nicht einmal Kratzer, soweit er sah.

Doch da, beim rechten Hinterrad – er bog einen Brombeerzweig beiseite, beugte sich runter – etwas ans Gummi gelehnt, buntes, winziges Stoffpüppchen mit Rock und Kopftüchlein, verhülltes Gesicht. Er verlagerte seinen Stand, ging noch tiefer, wollte es aufheben. Da ratschte ihm dieser Brombeerzweig ins Gesicht, nein, etwas Härteres, Holzbohle oder so traf die Stirn mit Wucht.

Als er hochschaute, blickte er auf ein leuchtend rotes Tuch, Gesicht verhüllt. Ganz leises Lachen.

Die Hände, die ihm dann die Augen verbanden und es dunkeln ließen, stanken nach Fisch und Bierfass. Männerhände, dachte er noch. Seine Gegenwehr war unentschlossen und brachte ihn nur weiter ins Dunkel, wo die Bewegungen zäh wurden. Sirupzäh. Und das Dunkel passte wohltuend zu dem Kopfschmerz, der ihn bald ausfüllte.

27.

Diesmal nicht in der Scheune, hatte sie ausrichten lassen, diesmal bei ihr zuhaus. Rolle war noch nie dagewesen und dementsprechend aufgeregt, als er an der Mietshaustür nach dem Namen suchte. So fix er mit Geräten klarkam, Werkzeug und allem, so mühsam ging es mit dem Lesen. Räse-Tau stand auf einem der Schilder, und während er sich das leise vorlas, hätte er fast dort geklingelt, weil er so aufgeregt war. Im letzten Moment dachte er: Doppelname, das kann's nicht sein, und suchte weiter, bis er Wiesebau fand. Mit Füller auf ein Papierchen gekritzelt und unter die Folie geklemmt.

Vorfreude durchrieselte ihn. Er presste die Tür auf, sobald es summte, und stürmte hoch.

»Leise«, empfing seine Daggi ihn. Zog ihn durch die Tür, machte sie mit einem Tritt zu und küsste ihn ab. Sie baute sich vor ihm auf und forderte: »Erzähl«.

»Alles gut«, knurrte Rolle, »der Pädo is im Sack, bei dei'm Uli verstaut, geil gelaufen, und die Karre parkt am Schienenkreuz.« Niemandsort. Gleisanlage mit Brücken und stillgelegtem Bahnhof im Wald.

»Und die Faschos finden da nicht hin?«, fragte Dagmar Wiesebau streng.

Rolle schüttelte den Kopf. »Die sind nur da, wo sie's kennen.«

»Und Sprayer?«

»Da war'n immer zwei. Aber der Typ ist letztes Jahr hopsgegangen beim S-Bahn-Hangeln, und sie studiert irgendwas mit Malen in ... Barcelona, glaub ich. Die komm' nich' mehr.«

»War's hart für dich?«

»Ging.«

Rolle schüttelte Dagmars Umarmung kühl ab, jedenfalls wollte er es so aussehen lassen. Dann brach es aber aus ihm heraus: »Ich versteh's nur nicht! Willste das Schwein denn schützen oder was? Die ha'm mir kaum geglaubt, dass der Wagen beim Windrad plötzlich weg war. Immerzu nachgefragt. Bohr, bohr, bohr. War'n ja immerhin bei, als ich ihn vom See hingefahr'n hab. Hab sie nur knapp abhalten könn', den vollzuschmieren. Und dass ich alleinbleiben durfte nachher beim Warten, is eigentlich 'n Wunder, voll übertrieben, der Vertrauensbeweis von denen ... Und jetzt Hammerstress. Übelst.«

»Ich weiß, du hast das supertoll hingekriegt.«

»Scheiße! Wenn's schief geht, häng ich tot am Zaun. Anschlag gegen die Kameradschaft. Versagt vorm Schwur. Und der Verräter, das Schwein, hier: icke.« Er schlug sich mit der Faust gegen die Brust. »Kantack tobt jetzt schon wie'n Bulle im Quadrat, weil ihm der Pädo durch die Lappen is ...«

»Iss mal was.«

Dagmar legte ihre Hände auf seine Schultern und führte ihn aus dem Flur in ihr Wohnzimmer. Sandelholzduft, Windlichter. Auf dem Tisch am Fenster eine

Sammlung erlesener Bissen, Oliven mit Schinken gespickt, Heringshappen, Krabben in süßsaurer Soße, Cornichons, Greyerzer Käse an Blaubeermousse.

»Was soll der Scheiß«, fragte Rolle, da fiel ihm das geschlitzte grauweiße Kleid erst richtig auf, das seine Daggi da trug. Wobei tragen ein falsches Wort war für die leicht wehende Umhüllung, die ihre Aufgabe preisgab, sobald die Bekleidete sich auf den Tisch schwang, die Beine streckte, ihn dazwischenholte und begann, sie beide mit süßen Happen zu spicken.

»Schluck Wein?«

Nein zu sagen war hart, aber nötig, weil Rolle Mittagsschicht hatte und in spätestens zwanzig Minuten aufbrechen musste. Zwanzig Minuten hieß nüchtern besehen nicht mehr labern, schlemmen und saufen, sondern so zielgerichtet, wie es ihm möglich war ...

»Wir machen das, damit sie beide mal staunen, weißt du, die Kameradschaft und der Lehrer auch«, sagte Daggi, während Rolle spürte, dass oben zwischen seine leicht geöffneten Lippen ein dunkel anfeuerndes Getränk geriet und er unten seine Hose rutschen fühlte.

Er stützte sich an der Tischkante ab, aber Daggi schaffte es, seine Hände dahin zu führen, wo das leichte Segel gerade eben wegflatterte.

»Die Idee ist«, flüsterte sie in sein Ohr, »dass der Lehrer die Gegend verlässt. Das kriegt Uli hin. Vielleicht sogar, dass er den blöden Umweltverein vorher auflöst. Ohne dass Blut fließt. Und du bist der Wichtigste dabei in dem Spiel.«

Rolle ließ auf sich wirken, was kam, er schloss die Augen. Die Worte winkte er durch.

»Und die zweite Idee …«, flüsterte Daggi noch dichter an seiner Hörmuschel, »Benzler, der Pädo weiß natürlich nicht, wo er ist. Es ist dunkel, feucht, kaum ein Wort fällt. Null Orientierung. Und das, was ihm vorgespielt wird, eure Parolen, die Mucke, all das lässt ihn glauben, die Rechten hätten ihn.« Sie nahm den Jungen jetzt fest in die Arme, sie schaukelten hin und her. »Er soll glauben, eure Kameradschaft hätte ihn entführt, für ihn deutet alles darauf hin. Wenn er dann überraschend freikommt, dann muss das in der Nähe von eurem Clubhaus sein, damit es so aussieht, als ob ihr ihn dort versteckt hättet …«

Der Kuss, den sie Rolle geben wollte, war schwierig zu platzieren, sein Kopf weggedreht.

»Du sollst ihn mit Uli morgen Nacht dahin bringen, damit er im Morgengrauen, wenn die Betäubung nachlässt und die Polizei ihn in Empfang nimmt …«

»Spinnst du?!« Rolle hatte sich weggestemmt, die Hose hochgezerrt, schaute sie nicht an. »Ohne mich. Da kannst du noch so viel auffahren …«

»Rolle! Der Plan ist saugut. Hast du nicht selbst gemeint, die bräuchten mal einen Deckel, die Faschos?«

Sie war klug genug, ihn nicht mehr anzufassen. Stattdessen griff sie nach ihren Zigaretten.

Rolle schlug sich mit der Hand an die Stirn. »Wie wollt ihr außerdem hinkriegen, dass er die Kameraden erkennt, wenn die Bullen ihm welche vorführen? Soll das dann etwa ich sein«, keuchte er, drehte sich um und kam einen Schritt auf Dagmar zu.

»Das ist ein schwacher Punkt, ja. Vielleicht finden wir jemand anderen dafür. Du bist andererseits aber noch gar nicht strafmündig, Rolle. Und der Kantack –

ist dir mal aufgefallen, wie ähnlich sich der und der Uli sehen?«

Rolle wedelte den Menthol-Qualm aus seinem Gesicht. Dann langte er um Daggi herum und riss das Tischtuch runter mit all dem Gehappse und Gecreme und Gläschen und Messerchen drauf. Riesen-Klirr.

»Ohne mich«, wiederholte er. Er musste wie aus Versehen lachen, sein Blick, seine Haltung, die Stimme – er war so fest entschlossen, dass er größer wirkte.

»Hast du dir das allein ausgedacht? Weiß noch irgendwer davon?«, fragte er beinahe mitleidig.

»Na, der Uli.«

»Der sagt, er machts dir zuliebe und ohne Plan.«

Dagmar zuckte die Achseln.

Rolle schaute auf seine Armbanduhr. »Ich muss los. Du hast Recht, die Kameradschaft braucht einen Deckel. Aber so nicht. Du spinnst wirklich. Ihr habt sie alle nicht mehr. Ey, ich bin raus!«

Er warf ihr einen Autoschlüssel zu.

»Das Cabrio. Vielen Dank fürs Vergnügen.«

Mit weiter Geste umschloss er die gewesene Geliebte, das gewesene Leckermahl auf dem Fußboden und die gewesene Sonne da draußen, das ganze Gewese. Als die Tür knallte im Treppenhaus, hatte er einen weiten Weg vor den Augen und am Horizont ein sehr junges Gesicht.

28.

Als Kubrik nachts vor dem Haus stand, die letzte rauchte, hatte das Käuzchen geschrien. Er hatte lange nicht reingehen können, so lockte dieser Klang. Und als er morgens früh schon wieder im Garten stand, war über ihm, über die Scheune weg das Storchenpaar mit den drei Jungen geflogen, aufgebrochen nach Süden. Er hatte nicht aufhören wollen, ihnen nachzustarren und dazu die erste des Tages geraucht. Der Sommer war vorbei.

Plötzlich stand seine Frau neben ihm.

»Seit wann rauchst du eigentlich wieder«, fragte sie, und »wie wär's heut' mit 'ner Fahrt zu den Gudruns?«

Da leuchtete sein Gesicht. Ein Ausflug zur Tochterfamilie, warum denn nicht, selten schlug Lieselott so etwas vor, das war für heute früh genau richtig. Gleich war sie beim Telefon, das bei ihnen noch immer im Flur stand wie früher der alte Wählscheibenapparat, summte den Rhythmus der Zahlenkombination, dann rief sie »Bist du da« in den Hörer und wusste, was Gudrun antworten würde. »Mutti, schrei nicht so« – »Du schreist doch selber«, dann wartete sie auf das fröhliche, »Na, wenn du taub bist« – so war es immer gewesen.

»Werdet ihr kommen?«

Lieselott hatte Kubrik den Apparat hingehalten, der spaßhaft rau zurückrief: »Na logisch komm' wir, fertig aus ...«

»Sie sagt, sie hat Besuch«, erklärte Lieselott leise und hielt den Apparat von ihm weg, »aber wir sollen trotzdem ...«

Kubrik nickte und wollte fragen, wer. Aber Lieselott hatte das Gespräch schon beendet.

Unsicher griff er nach seiner Mütze. Paul würde auch da sein, mit dem spielte er immerhin gern. »Ich lass den Wagen an«, brummte er, »oder brauchst du noch?«

Zwanzig Minuten später rollten sie am Fluss längs nach Süden. Die Nebeldecke über dem Wasser zerfaserte in den steiler werdenden Strahlen, Milane und Lachmöwen tummelten sich im Licht.

Das schönste Fahren ist Schlendern, ein Schlendern auf Rädern, dachte Kubrik und freute sich über die Tachonadel bei konstanten fünfundvierzig.

Als die kleine Bucht im Deich herankam und die Autoschlange hinter ihnen fast zur Ortsausfahrt reichte, schlug er vor: »Kleines Päuschen, was?«

»Hätt's nicht vorzuschlagen gewagt.«

Er stoppte den Wagen, und beschwingt von der Sonnenkraft liefen sie beide zum Kofferraum und taten überrascht, dass da kein Picknickkorb war.

»Ich mach'n Hops zum Fluss«, erklärte Kubrik.

»Und ich pflück Holunder.«

Mit weiter Geste über Wiesen und Hügel zauberte Lieselott einen quietschgelben Plastikbeutel aus ihrer Jacke. Ihm war klar gewesen, dass sie nicht mit ans Wasser kommen würde.

»Viertelstündchen?« Er konnte es nicht lassen, ihnen beiden die Zeit einzuteilen.

Wie vor Publikum hat sie gerade ausgesehen, dachte er, als er den Deich runterstapfte. Und sah die Zeit vor sich, wo es ihr gefallen hatte, vor einem Publikum zu spielen.

Die Erzieherinnen im Kombinatstheater hatten Stücke aufgeführt, immer ein lehrhaft politisches und ein lustiges über das Leben an sich, freigekriegt hatten sie dafür und auswendig gelernt, sich getroffen, herumgealbert und mit einem Regisseur aus der Hauptstadt »gearbeitet«. Wie ihn damals dieses Wort gestört hatte. Zurückgepöbelt hatte er: »Wenn wir'n Skat ausklopp'n, ist dett ooch Arbeet?« Das hatte sie natürlich nicht gelten lassen, für drei Wochen im Jahr galten die Krippenmädels ganz offiziell als Schauspielerinnen. Alle im Dorf standen an und genossen die Früchte. Er konnte sich kaum erinnern, wie es damals zwischen ihnen beiden stand – hatte sich Lieselott mit den Schauspielern eingelassen, hatte man darüber gesprochen?

So viel vergessen.

Liegt nicht am System, liegt am Alter, ermahnte er sich. Er kannte einige, die die Unterschiede zwischen Deutschland-Ost und West hochsteigerten zu Gut und Böse. Wurden krank davon. Dabei fanden die großen Kämpfe längst woanders statt, der neue Weltkrieg kroch vom Süden hoch, und wenn sie Pech hatten, würde er sie alle noch erschlagen, so alt sie auch waren, seine Genossen und ihn. Er kannte einige, die den Kopf in den Sand steckten und am liebsten die Zeit stillgelegt hätten. Absichern, dichtmachen, mucksmäuschenstill. Oder laut und aggressiv: Wir sind das Volk. Ein Pfeifen im Wald, die Entwicklung hielt das nicht im Geringsten auf. Was der Fluss hier trennte zum Beispiel, war ja kaum eine Grenze mehr. Polen da drüben, ein Land im Aufschwung und mit dem Wunsch, es dem reichen Deutschland gleichzutun, schon voll dabei, es zu überflügeln. Was hatten alle hier sich seinerzeit über die Polacken erhoben. Was hatte später dieser West-Schmidt im Fernsehen für Witze gerissen. Und die Grenze, die noch vor zehn Jahren genau hier Europa hatte schützen sollen gegen Eindringlinge und Armut von Osten und die von den Polen als hart und unmenschlich empfunden worden war, beschloss jetzt die Ostseite ihres Landes, wo die gleichen Polen mit Begeisterung absicherten, wozu sie seitdem gehörten: Europa. Christliches Abendland. Seit sie selbst keine Fremden mehr waren, bloß keine Fremden mehr reinlassen.

Es sind immer die gleichen Fehler, dachte Kubrik. Schon deshalb werden wir Kriegsfutter sein.

Er stand am Wasser, das ja angeblich wieder sauber war. Ihn hatte als Kind auch die Drecksbrühe nicht abgeschreckt, die damals floss, er sprang lieber in die Oder als in den stehenden Kanal. Zu einer Friedensgrenze passte der reißende Fluss, fand er. Ihn hatte die andere Seite immer gelockt, seine Kumpels waren weniger mutig. Man hatte damals auch keine Freunde da drüben. Nur Freundschaftstreffen. Auch bei den Manövern im Rahmen des Warschauer Pakts blieben die Nationen am liebsten unter sich.

Kubrik fragte sich, was mit ihm nicht stimmte. Er fuhr exakt fünfundvierzig Stundenkilometer, pflegte Auto und Ehe, aber schwamm auch im reißenden Fluss. Nachts zog er gern noch mal los. War als einer der ersten jenseits der Grenze aufgetaucht, die er vorher bewacht hatte. – War das Fort- oder Rückschritt? Das Spiel lockte. Er setzte Scheine auf Unbekannt, rot und schwarz, manchmal auch auf eine einzelne Zahl.

Stieg trotzdem um fünf Uhr dreißig früh wieder in die Stiefel.

Hier war etwas im Busch, das spürte er. Der Vorschlag zum Besuch bei der Tochter war von Lieselott vielleicht nicht ganz so spontan gekommen, wie es schien. So wie sein Vorschlag zur Pause am Deich. Was hatte sie neulich gesagt, als ein Krimi im Fernsehen zu Ende ging: »Zufälle gibt es nicht«?

Er schaute hoch in den blauen Himmel und dachte: Auf alles drücken die Luftmassen, die wir nicht spüren – zentnerschwere unsichtbare Last, die macht uns gleich.

Zwei Angler hatten ihm schon eine Weile lang aufdringlich zugewinkt. Er konnte das nicht länger ignorieren. Widerwillig ging er auf sie zu.

29.

»Mann, so'ne Schleicher!« Lena räkelte sich im Fahrtwind des heruntergekurbelten Beifahrerfensters, fuhrwerkte mit Armen und Beinen, bis sie in eine Liegeposition fand, bei der die Füße vor der Frontscheibe fahrerseits landeten.

Ibo schob sie ein Stück nach rechts rüber.

»Schlenderer am Steuer«, brummte er, »Sonntagsfaulpelze. Schlendern ist Luxus. Kennst du das?«

»Was?«

Der Panda entfaltete seine Kraft als Lärm.

»Ein Lied. Ina Deter. Ulla Meinecke. Oder Ina Müller.«

»Kenn ich alle nicht. Doch. Die letzte schon.«

»Und?«

»Geht so.«

Sie konnte nicht liegen, sitzen, es kribbelte immerzu. »Enge Kiste.«

»Na, eure Trabbis früher ...«

»Mann, wo lebste? Da war ich Kind – außerdem, mein Vater stand nicht auf sowas, dem waren die auch zu eng. Wir fuhren Saporosch. Schon mal gehört?«

Ibo schüttelte den Kopf. Dieser Panda hatte nicht mal ein funktionierendes Radio. An Kassetten, um den alten Rekorder zu füttern, hatte er nicht gedacht. Hätte die Umzugskisten plündern müssen.

»Russisch?«

»Ungarisch – glaub ich.«

»Und der fuhr?«

»Aber Hallo. Überholfreudiger als der hier. Liegt ja vielleicht auch am Fahrer ...«

Ihm gefiel, wie sie grinsend zu ihm rüberschielte und sich das Haar ins Gesicht wehen ließ.

»Kleines Päuschen?«

Lena schrie nicht wieder ›Was?‹ zurück, sondern hüpfte auf ihrem Sitz auf und ab. »Au ja! Und Eis dabei, leck'res Eis ...«

So fix zum Kind werden können, staunte Ibo und schlug den Blinker im letzten Moment nach links, als die Einfahrt zum Eiscafé in Werneuchen schon fast vorbei war.

30.

Unter der Gesichtsbinde war schlecht atmen. Benzler roch sein eigenes fauliges Zahnfleisch, erlebte, was es wörtlich heißt, wenn man sich nicht mehr riechen kann.

Die Hand, die nach Fisch und Bierfass stank, brachte ihn nach einem Gang aufs Klo auf die Matratze zurück. Band sein Bein noch nicht an den Pflock, die Hände noch nicht wieder hinter den Rücken.

»Durst?«, fragte die Bewacherstimme, die dumpf verfremdet klang. Professionelle würden sowas nicht fragen, dachte Benzler, die würden ihm eine Plastikröhre Mineralwasser zuwerfen, zack, sauf und schweig.

»Ja!«, rief er fordernd.

Die dumpfe Stimme seufzte. Benzler spürte dem widerwilligen Gang des Wärters zum Raumende nach, über die Schwelle links an die Wand, Kühlschranktür auf und zu.

Er sah das mittlerweile gut vor sich. Dann zur gegenüberliegenden Wand, das Kassettenfach von einem Blaster aufgeknipst, zugeknipst, und übernatürlich blechern, eiernd auch sang dann so ein Klampfendepp *Das Mädel mit der Fahne* und *Ich bin stolz ein Deutscher zu sein*.

Grottenfurchtbar.

Benzler hatte sich in dem Dauerdunkel damit beschäftigt, die Entfernungen zu schätzen, zwei mittelgroße Wohnräume, fünf mal vier Meter oder so, hatte sich einen Plan des Gefängnisses zurechtgelegt, wusste schon von dem Versammlungsort hinter den Mauern, die sich kahl anfühlten und feucht, wo es manchmal hoch herging, von wo es fröhlich tönte und drogig roch. Spätabends, wie er vermutete.

Die Fröhlichkeit der vielen übertrug sich auch auf die Aufpasser, wenn sie hereinpolterten. Er tat dann, als schliefe er fest.

Während andererseits seine Anwesenheit die Bewacher offenbar auch quälte – er wusste nicht, warum. Hatte sich ihnen ja schließlich nicht aufgedrängt. Die Musik, die sie spielen ließen, schienen sie selbst nicht zu mögen. Nie summte einer mal mit. Es war auch schwer vorauszusagen, wann sie zu zweit kamen und wann allein. Die Hände, die nach Bier und Fisch stanken, roch er am häufigsten.

Jetzt reichten diese Hände ihm eine Wasserflasche.

Natürlich antworteten die Entführer auf keine Fragen. Er spürte, dass ihr eigenes Wesen dieser Abweisung eigentlich nicht entsprach. Deshalb fragte er weiter. Das einzige, was sie gleich hatten wissen wollen: Ob jemand für ihn Lösegeld zahlen würde.

»Niemand«, hatte er da wahrheitsgemäß geantwortet. Stolz, nicht traurig.

Das hatten sie gleich akzeptiert. Er musste in keine Kamera eine Erklärung heucheln und dabei verängstigt wirken. Er hätte diese Angst auch tatsächlich schauspielern müssen – es ging ihm nämlich erstaunlich gut. Eigentlich befand er sich in beständiger Hochstimmung seit der Entführung, überwach, hungrig, hochkonzentriert von Sekunde zu Sekunde, wenn auch muskelkaterig vom schlechten Sitzen und Liegen. Er staunte über den Reichtum an bunten Flächen und Flecken vor seiner Netzhaut im Finstern. Zählte das lautlose Verticken der Zeit in den Stunden, wo niemand bei ihm war oder wenn doch im Raum, in Schweigen gehüllt. Bewunderte sich selbst, wie geschickt er beim Essen und Trinken mit der Gesichtsmaske umging. Hingabe umfing ihn, die er sich selbst spendete. Die Zukunft eine glühende Fläche, auf die er tappte wie neu, woanders hin.

Sein innerer Tumult hatte sich gelegt, er musste nicht weiter über sich nachdenken, es war hier so herrlich still, und er sprach zum ersten Mal seit langer Zeit mit einer einzigen Stimme. Der Chor seiner inneren Einflüsterungen war weg.

»Gibt's noch Kuchen?«

Die Entführer waren auch nicht brutal. Die ätzende Musik, die sie laufen ließen und die manchmal ins Martialische kippte, passte so wenig zu ihrer Ausstrahlung wie diese Gesinnungsphrasen, die sie aktionsweise ausstießen, ein dumpfes, verzerrtes Skandieren von »Deutschland den Deutschen«, »Todesstrafe für Kinderschänder«, »Merkel killt unsre Heimat«, »Mehr Gas für Asylanten« und dazu zaghaftes Stiefelgetrampel.

Dreimal am Tag war Parolenzeit.

Dass sie Rechtsradikale waren, hatte er schon am Morgen nach dem Schlag auf den Kopf bezweifelt. Was wollten die von ihm, warum fing er an, die Gefangenschaft zu genießen an einem Ort, den er freiwillig nie betreten hätte? Er musste sich gestehen, dass er seine eigene Tatenlosigkeit mochte. Es großartig fand, für nichts verantwortlich zu sein. Sogar die Fixierung der Gliedmaßen gefiel ihm, die sie heute bisher unterlassen hatten.

Als er das Stückchen Kuchen in seiner offenen Hand spürte – es waren sogar zwei, stellte er dankbar fest,

Marmorkirsch –, da roch er wieder sein Zahnfleisch. Vielleicht wurde ihm das auch noch angenehm. Nur nicht überschnappen, dachte er.

»Warum bin ich hier?« Er erwartete keine Antwort. Leises Quietschen von Türangeln. Benzler sah förmlich, wie ein Kopf durch den Spalt gesteckt wurde, das »Psst« des Bewachers tarnte sich als Niesen.

Ganz leise Schritte.

Der Bewacher schlich also raus in den Nebenraum. Benzler versuchte ihn mit allen Sinnen links die Wand lang zu dirigieren, hinter der er selbst hockte, den anderen genau auf die Seite der Wand ihm gegenüber zu zwingen.

Es gelang. Von weit weg das Lachen freundlicher Leute, Feierlaune, Dopeduft durch die Ritzen. Die zwei Stimmen auf der anderen Seite der Wand waren gut hörbar. Vielleicht gab es im Stein einen Hohlraum wie das Schallloch einer Gitarre, in das die beiden sprachen.

Der Besuch des Bewachers war eine Frau.

Beim Hören der weiblichen Stimme begriff Benzler sofort, warum es ihm bisher so gut gegangen war. Er war durch niemanden gereizt worden. Nichts wurde von ihm verlangt, er musste nicht verführerisch oder erobernd sein. Er hatte sich frei gefühlt.

Frei fühlen wollte er sich jetzt auch, suchte nach den Fesseln, die seine Handgelenke sonst hinter dem Rücken fixierten. Er fand sie, konnte sie sich aber nicht anlegen.

Vorbei.

»Wir könn's nicht durchziehen, Uli, tut mir leid, hat sich scheiße entwickelt. Nicht, wie wir's wollten … ja, hast ja Recht, es war meine Idee. Rolle steigt aus, ich hab's voll verbockt mit dem, kann sogar sein, dass er plaudert … und die Nazis werden hier auflaufen, vielleicht schon heut Nacht …«

Benzler suchte jetzt fieberhaft nach jemandem, der ihm als »Uli« einfallen könnte, aber zu egal waren ihm normalerweise die Dörfler, mit denen er nicht direkt in Kontakt stand. Und »Rolle«? Keinen Schimmer. Höchstens die Stimme der Frau, sie brachte mit ihrem Klang, der Melodie, ihrer Aufgeregtheit außerdem das ganze Elend zurück, schlagartig – das Begehren, die Spreizereien und die Verkrampfung.

Bitte behaltet mich bei euch, betete er für sich.

»Wir lassen ihn besser laufen …«, hörte er von drüben.

»Hier?«, rief der Uli genannte mit unverfremdeter Stimme. »Daggi, bist du irre? Der hat nichts weiter zu tun gehabt als in Gedanken den Raum zu vermessen. Der hat den Kneipenbetrieb mitgekriegt, den Dopedampf, all das Zeugs … und mich erst. Hier auf keinen Fall.«

»Er muss heut' Nacht weg. Wenn die nicht schon auf dem Weg sind …«

»Alte, ist nicht mein Ding. Einen Gefallen hatteste, frag nicht nach dem zweiten!«

»Okay. Ich fahr ihn selbst zu seinem Auto. Hoffe, die wissen nicht, wo es steht. Muss ja eh nach Werneuchen nachher für die Firma.«

»Tu, wozu es dich drängt. Willst du sonst noch was – siehst ganz so aus.«

»Propofol?« Die Besucherin klang jetzt kläglich.

»Zur Narkose, ja? Daggi denkt, dass Uli lenkt – doch wenn's weiter nüscht is …«

Benzler sah diesen Uli jetzt vor sich, einen kräftigen Glatzkopf, der am Ortsrand eine Spelunke führte, man hatte sich mal in großer Runde über den amüsiert. Und die biestige Schwester seiner Ex war also auch mit bei. Egal. Er war dankbar, dass nicht von seiner Entsorgung geredet wurde. Sie würden ihn betäuben, aus dem Versteck reißen und wohl irgendwo absetzen in Richtung Werneuchen. Was für ein kruder Plan! Steckte die LPG dahinter oder Feinde aus dem eigenen Verein? Keine Lust, darüber nachzudenken.

Hier bleiben, flehte er, bis ich ganz Ich bin.

31.

Sie fragte nichts. Kubrik kuppelte in den Dritten hoch, mit der Ostkurve hinterm Deich direkt in das frische Licht, klappte den Sonnenschutz runter, sie machte nicht mal das, obwohl die Sonne sie genauso blendete wie ihn. Vielleicht, weil sie ihm nichts mehr nachmachen wollte.

Er hatte in ihre gelbe Tüte mit den Holunderbeeren geschaut, sie laut bewundert, gerufen, wie schade, dass er nicht mitgeholfen, stattdessen zum Fluss runter, wo es gar nicht besonders gewesen sei, aber jetzt sollten sie zügig ... Gudrun wartete doch bestimmt ...

Redselig wie selten, die linke Kopfhälfte dabei immer von ihr abgewandt. Hatte sie deshalb auch nie richtig angeschaut. Irgendwann, sie waren noch nicht eingestiegen, hatte sie seinen Redefluss aber einfach dadurch unterbrochen, dass sie seinen Kopf zu sich hindrehte.

Das geschwollene Auge ganz genau sah. Es schwoll weiter.

»Verfluchtes Insekt«, hatte er gesagt.

Lieselott hatte nur den Kopf geschüttelt. Nichts gefragt. Nicht mal, ob nicht besser sie fahren sollte.

Er hatte in der Handgreiflichkeit unten am Ufer auch noch die Zigaretten verloren. Warum hatte er bloß wieder angefangen? Jetzt wagte er nicht, sie um eine zu bitten.

Verdammte Abhängigkeit, dachte er. Oder sprach er das gerade laut aus?

»Ja?«, kam es von Lieselott.

»Frag schon!«

Aber sie fragte nichts.

32.

Blauer Morgen, die Welt gewaschen und kühl getrocknet vor Zaras Schlafzimmerfenster. Schnell anziehen, dachte sie und öffnete die Tür zum Hof.

Kein Frühnebel, Vogelgeschwirr wie im Mai. Als wäre die Jahreszeit zurückgesprungen, so frisch lag der Morgen vor ihr. Auch die Bachstelze pickte wieder nach Frühjahrsfutter.

Der Traum, den sie im Sommer geträumt hatte, war jetzt im Herbst Wirklichkeit – aus den in sich gekehrten Tagen waren offene geworden, jeder besonders, ihr spezieller Frühling. Zugleich alt und neu. Jetzt sah sie den Pfad genau, den sie gehen würde und begrüßte jeden Millimeter davon. Dass sich immer wieder ein Kreis schloss, machte sie nicht mehr müde.

»Das ewige Heute für jetzt«, sagte sie sich.

Krassow kam gerne zum zweiten Frühstück, irgendwann saß er da, schnitt sich ein Brot vom Kanten, schmierte Marmelade drauf, ihre selbstgemachte. Sie stellte das jeden Tag für ihn raus. Setzte sich dazu. Nach ausgiebigem Schweigen standen sie auf, verschwanden im Haus und liebten sich. Dann griff der Mann zum Werkzeug, das weiterhin verstreut in den Zimmern lag, und sie schaute, wo sie helfen konnte. Oder Zara fing etwas an, die Pergola draußen mit ihren Rissen, die Schuppentür, und Krassow sprang ihr bei, schraubte, befestigte, dübelte.

Waren die Arbeiten erledigt, fanden die Verliebten neue Anlässe, um etwas zu vertiefen, noch einmal einzureißen, gründlicher, sicherer, eleganter – jeder Vorschlag war willkommen und eine Einladung zum Beisammensein.

Waren sie denn verliebt? Zara zögerte, wenn Sofie das Wort benutzte, schüttelte den Kopf und wechselte das Thema. Worauf Sofie nachsichtig lächelte und leicht hinwarf: »Und wann darf ich ihn sehen?«

Wie kann die Welt so leuchten, dachte Zara. Als sie sehr jung gewesen war, kam ihr die Liebe wie ein mächtiges, hohes Gebäude vor, zu dem man aufschaute und anstieg, das man errang. Einmal dort drin, in der Liebe, würde die Burg sie schützen.Später favorisierte sie eine Weile Manöver der Distanz: Spott, Vergleich und Ichbesessenheit.

Jetzt wusste sie, dass die Liebe kam und ging. Dass sie jeden Tag auflebte, wenn man sie aufleben ließ.

Wenn man wen hatte, den man mit Liebe erleben wollte. Mit Willenskraft, Klugheit und Herzensgüte. Dass sie nichts weiter war als das, was passiert

Krassow hatte Zara nie zu sich eingeladen. Er zeigte ihr anderes, nahm sie auf Wanderungen mit, querfeldein liefen sie, auf verlassenen Bahntrassen oder Waldstraßen mit altem Rundpflaster, und dahin, wo die Trappen und Biber lebten. Ihre Fotoausrüstung war immer dabei und ein Schippchen zum Ausgraben seltsamer Pflanzen. Vorsichtig spottend hatte Krassow zuerst versucht, sie von dem schweren Zeug wegzubringen, später trug er ihre Tasche unaufgefordert durch Dickicht und Schotter. Nur Fotos machte er ungern.

Nicht mal von ihr.

Dabei wusste sie, wie sehr sie ihm gefiel. Wenn es eng wurde, ließ er sie vorgehen. Aus Ängstlichkeit, hatte sie erst gedacht, aber wenn sie sich umdrehte und seinen hingerissenen Blick sah, wurde ihr klar, warum.

Auch ihr gefiel sein Anblick, sie sah ihn gern sich durchs Dickicht zwängen, feste Trittpunkte im Sumpfland suchen und ihr dann zeigen. Wenn seine große kühle Hand nach ihr griff, fühlte sie sich geborgen in Gegenden, in die sie allein nie gekommen wäre.

Alles, was sie taten, war gut. Darüber mussten sie gar nicht reden. Wie sie die Stunden feierten an überwucherten Waldseen, am Riesenstein, in einer brüchigen Holzlaube, das war gemeinsames Atmen, keine Aufforderung vorher, kein Entschuldigen nachher, es kam und ging, und anschließend lachten sie.

Im Dorf gaben sie sich als flüchtig Bekannte. Vielleicht war der alten Frau Perl etwas aufgefallen – zu oft saß Krassow nachmittags mit am Gartentisch, er deckte ihn sogar, brachte die Teekanne, schnitt Kuchen. Gehörte sich das? Einmal sprang Zara vom Rad bei den Ständern am Getränkemarkt, als sie sah, wie die Perl und Marlies Rogacki auseinanderfuhren und ein Gespräch unterbrachen. Sie hörte noch: »... und füllt ihr den Brennesselsud um«. Sie wünschten Zara dann einen Guten Tag, stinkefreundlich, ein schönes Wochenende noch, was der alten Perl so ungewohnt war, dass ihr Gesicht schmerzverzerrt dabei aussah.

Frau Rogacki fügte noch vertraulich hinzu: »Schade, dass unsere Alternativpost so schnell wieder Pleite ist, was?«

Zara zuckte die Achseln. Schlagfertig war sie nicht. Als sie dann aber den neuen Kasten Mineralwasser zahlte, nahm sie den Faden auf und fragte: »Haben Sie eigentlich Einbußen wegen des Wegfalls?«

Frau Rogacki verstand nicht.

»Die haben doch bestimmt Miete gezahlt, die Alternativpostler.«

»Provision«, berichtigte die Getränkefrau, »und das hält sich in Grenzen. Der Wegfall.« Sie betonte das letzte Wort spöttisch, aber lächelte Zara freundlich an, echter als vorhin. »Wenn man hier lebt, hat man einiges wegfallen sehen. Man gewöhnt sich dran.«

Zara hob die Augenbrauen. »Kann ich mir denken«, murmelte sie, aber das wurde überblendet von einem lauteren: »Aber davon haben Sie sicherlich längst gehört ...«

»Ich reime mir das zusammen«, sagte Zara ohne Überlegen.

»Ja, manchmal muss man sich Dinge zusammenreimen«, antwortete die Getränkefrau mit einem spontanen Lachen.

Zara wusste, sie hatte den stotternden Krassow gemeint.

Hast dich gut geschlagen, lobte sie sich selber, als sie ihr Rad mit dem vollen Kasten nach Haus schob.

Krassows Stottern ging nicht weg. Nicht, dass Zara es erwartet hätte. Alles, was geschah, war überhaupt nur möglich, weil sie versuchte, nichts davon zu erwarten. Aber natürlich freute sie sich, wenn ihm mal ein kleines »Danke« gelang oder ein lässiges »Scheiße«, und sie versteckte die Freude aus Vernunftgründen, obwohl es am natürlichsten war, sie zu zeigen. Wenn sie manchmal noch liegenblieben und wie Kinder spielten, kamen leise ein paar zufriedene Sätze, eher Wortketten von ihm, die nicht unbedingt einen Sinn ergaben, aber passten. Zara sprach bald auch solche Ketten. Wenn sie dabei gar nichts groß dachte, sondern gleich reimte, war es am schönsten. Dann wieder er. So füllte sich der Raum zwischen ihnen mit Silben, in denen sie sich zeigten und spiegelten, während die Glieder Abstand fanden und ausruhten.

Krassow war ein energischer Liebhaber, gleichzeitig zum Staunen schüchtern. Sie genoss es, wie er über sie rätselte, was das war, eine Frau überhaupt – und dann sie speziell, Zara. Sah sich gern mit seinen Augen. Dann wieder mit den eigenen ihn. Sein Geradeaus der Aktion, nicht links noch rechts, plötzliches Einhalten und sich Zusammenkrümmen. Krassow war ein dünner Mann, der Wind wehte durch ihn durch auf ihren

Wanderungen, er stemmte sich und hatte zu kämpfen, auch gegen die Verlockung, sich ins Feld zu werfen und alle Wetter einfach über sich wegfahren zu lassen.

Diese Lust daran, sich aufzugeben, kannte sie auch. Das Pflanzen und das Bauen brachte sie beide von solchen Impulsen ab. Und jetzt vielleicht auch das Lieben.

»Einer, der so geschickte Finger hat, kann nicht falsch sein«, hatte Zara zu Sofie am Anfang des Abenteuers gesagt.

»Auch nicht der Falsche vielleicht?«, hatte die Freundin gefragt.

»Die Falsche vielleicht.« Das war ihr so rausgerutscht, aber glauben tat sie es nicht.

Neulich im Keller, wo Krassow eine kleine Baustelle unterhielt, über die er sich partout nicht befragen lassen wollte, hatte sie alte Kisten gefunden. Zeugs von Wolf, Winterkleidung, Sportkram und ein paar Zeichnungen, auf denen er damals die Zimmer des Hauses für sie beide, Zara und ihn, hoffnungsfroh bunt ausgemalt hatte.

Da war sie, ohne es zu begreifen, ganz sicher einmal die Falsche gewesen. Hatte das Leben hier nur für sich selber beansprucht, den Wolf vertrieben. Wie eine Fremde war sie sich vorgekommen, als sie das entdeckte.

33.

Tochter Gudrun verwandelte das Frühstück zur Kaffeetafel. Enkel Paul tobte mit Freunden durch den Garten, aber drinnen blieb das Sonnenwetter ausgesperrt zugunsten von Schmuckdeckchen, Kaffeegeschirr und Sahnetörtchen.

Als er auf der Schwelle zum dämmerigen Wohnzimmer Hanne Perl und Sylvie Morgentau entdeckte, wäre Kubrik am liebsten gleich umgedreht. Lieselott begrüßte das Lesbenpärchen mit Umarmung, man gurrte lachend und zögerte, sich zu setzen. Gudrun, alleinerziehend, füllig und in mittleren Jahren, kam mit voller Kanne, holte Stühle und betrachtete kopfschüttelnd das Veilchen am Auge des Vaters.

»Verdammtes Insekt vorhin an der Oder«, knurrte Kubrik.

Lieselott schüttelte heftig den Kopf.

»Hatse aber gut hingekriegt, deine Locken«, sagte Gudrun und zeigte auf ihre Mutter.

»Ja, hatse«, bestätigte die und dachte an den Abend vor dem LPG-Tor, als es zum gleichen Wortwechsel zwischen ihr und Josef gekommen war. Schon damals war nur scheinbar noch alles in Ordnung gewesen.

Man versorgte sich mit Gebäck, Kubrik lehnte den angebotenen Obstler ab, Hanne und Sylvie genehmigten sich einen.

Lieselott zögerte erst, nahm dann doch einen, kippte ihn runter und wandte sich an ihren Mann: »Jetzt will ich aber doch wissen, was los war, mit dem ... Insekt vorhin an der Oder.«

Wie sollte dieses Beisammensein gut ausgehen können? Kubrik beschwor seine Heiligen, die großen Josefs. Flucht nach vorn.

»Unbezahlte Spielschuld.«

Kurzes Schweigen.

»Und wieviel diesmal?«, fragte die Tochter.

Kubrik deutete etwas hilflos auf Sylvie und Hanne, aber Gudrun entschied: »Das schadt' gar nichts. Die ha'm dir nachher auch was zu sagen.«

Kubrik suchte Lieselotts Blick, und weil sie ihn kannte, schaute sie weg.

»Ich komm einfach nicht dran vorbei«, bot Kubrik zur Erklärung an, »sag mir jedesmal, Tanken, Zigaretten, Kaffee und Wodka vielleicht, alles, was günstig ist da drüben, sonst gar nichts – und dann blinkt es und leuchtet ...«

»Habt ihr schon mal Spielbanken blinken sehen auf dem Polenmarkt?«, fragte Gudrun die anderen.

»Naja«, überlegte Sylvie Morgentau, »wart ihr überhaupt mal da drinne, wo's blinkt, bei den Mädels – ick könnt' mir vorstellen ...«

»Für nachher, meenste?«, prustete ihre Partnerin, »Spieltische, falls 'de beim Sex melancholisch geworden bist?«

Wieder suchte Kubrik Lieselotts Blick. Als der ihn traf, schaute er beiseite. Nikotin, dachte es tief in ihm. »Spielschulden, nüscht sonst«, versuchte er einen freundlichen Übergang ins Alltägliche. »Am nächsten Ersten getilgt, geht von der Rente ab wie immer, keen Thema. Keena wird leid'n deshalb, hat doch nie wer jelitt'n, ihr kennt mich doch!«

Als ihn Lieselotts Blick diesmal traf, hielt er stand.

»Aber jetzt mal watt anderes. Ich find's dunkel und muffig hier in der Stube, woll'n wa uns nich in 'n Jarten verlagern? Die Kinder machen's jut, flitzen da rum in der Sonne ... «

Wortlos wurden Tassen in Richtung Kanne gehalten, und Gudrun schenkte schweigend nach. Dann fragte sie: »Du findest es dunkel und muffig hier, hab ich das richtig verstanden?«

Das waren Kampfansagen. »Hanne«, wandte er sich ans Tischende, »du roochst doch ooch. Ick hab meene verloren ...«

Alle Köpfe wandten sich zu Hanne. Sie zögerte so lange, dass es schon unfreundlich war. Dann brachte sie mit gekonntem Schwung zwei Zigaretten, Feuer und ihr einladendes Lächeln hervor und rief: »Josef, dann jehn wir beede ma' raus ...«

»Aber schön wiederkomm'«, rief Sylvie hinterher, und die anderen Frauen giggelten laut.

Die Übereinstimmung beim Einziehen, Wirkenlassen und Ausstoßen der Stimulanz besänftigte. Hanne Perl holte das Lächeln, mit dem sie den älteren Mann bedacht hatte, wie einen Drachen, den man an langer Schnur in die Böen geschickt hat, schnell wieder ein.

»Ist noch da, schönes Lächeln von damals«, sagte Kubrik leise. Ihm fiel ihr helles Hosenkleid mit Bordürenabschluss auf. Nikotin machte mutig, was sollte ihn jetzt noch aufhalten?

Hanne dachte etwas ganz Ähnliches: »Hast nicht mehr viel zu verlieren, stimmt's?«

»Wird nüscht so heiß gegessen wie jekocht«, knurrte Kubrik.

Sie kam einen Schritt auf ihn zu und zeigte mit langem, hellrot gefärbten Zeigefingernagel auf ihn: »Da täusch dich nicht, Josef. Wir sind nicht zufällig hier. Was du sicher schon geahnt hast.«

»Es gibt keine Zufälle«, murmelte Kubrik so ernst, als wollte er sich selbst davon überzeugen.

»Ganz genau. Eso-Wissen der ersten Klasse, Stunde null: Alles hat seinen Sinn ...«

Kubrik wischte sich mit der Hand durchs Gesicht, spürte die Bartstoppeln, sein festes Kinn, beides gab ihm Trost in dieser Haltlosigkeit, vor der ihn das Nikotin nur ein paar Züge lang beschützt hatte.

»... und seinen Preis«, fuhr Hanne Perl fort und schnipste die Asche ab. »Als du mir damals mit dem schönen Lächeln gekommen bist, war ich für Misstrauen noch zu klein. Und meene Mutter zu schwach. Melchow und du, ihr wart die Herren des Gartens, nur der Zaun zwischen dir und mir, weeßte noch?«

Kubrik schwieg.

»Und der Stotternde«, sagte Hanne nachdenklich, »der mir helfen wollt. Und als du viel später Sylvie auf die gleiche Tour angemacht hast, meine Sylvie, gleicher Spruch, zwanzig Jahr später, als wenn nüscht passiert wär, keen Systemwechsel, keen Älterwerden, immer noch die gleiche Hecke, der gleiche Zaun ...«

»Hör doch auf«, sagte Kubrik unruhig. Aus den Augenwinkeln sah er die anderen Frauen dazukommen.

»... als wenn diese Art von Herren nie aussterben würde.« Hannes Lächeln jetzt Zähneblecken.

»Was ist denn schon passiert?«, flüsterte Kubrik, der das Gespräch nicht übergreifen lassen wollte.

»Nichts?«, fragte Hanne auflachend zurück.

»Du musst es ihm sagen, Mama«, unterbrach Gudrun.

Lieselott nickte. Hanne und Sylvio traten zu ihr.

»Ich zieh zu ihnen«, sagte Lieselott, »und wohn' jetzt da.« Ihr Kopf machte eine Drehbewegung. »Dann seh'n wir weiter.«

Kubrik wurden die Knie weich.

»Was ist denn schon passiert?« wiederholte er. Herren des Gartens? Er tippte sich an die Stirn. War selber davon überrascht, wie die Wirklichkeit dieses Ganzen sich ihm verlor.

Sollten sie doch.

In dem Moment kam ein Fußball der Jungs geflogen, Kubrik parierte ihn mit dem Kopf, was er seit Jahren nicht mehr getan hatte, schaute dem Leder nach und ging dann langsam zu seinem Auto.

34.

An der Theke der Eisdiele stand eine sportliche junge Frau in zerknüllter Bluse und etwas zu weitem Leinenrock. Ibo wäre sie nicht aufgefallen, aber Lenas Blick hing an ihr. Die junge Frau wirkte todmüde, kratzte sich Arme und Beine und zog den Rock dauernd hoch. Nervös bestellte sie einen doppelten Espresso. Lena rührte ihr Eis nicht mehr an und starrte nur noch rüber.

Ibo hatte ein paar lockere Scherze versucht, und als die wirkungslos blieben, gab er sich seinen Gedanken hin.

»Du hast was?«, war das nächste, was er hörte. Die andere saß jetzt mit am Tisch. Überdreht grinsend flüsterte sie: »Da hinten drin. In dem blauen Corsa. Dein Schicksalsmensch sozusagen. Die Spritze wirkt noch circa 'ne Stunde.« Dann mit dem Daumen zu Ibo: »Ist der okay? Hätt' ich vielleicht als erstes fragen soll'n ...«

Lena nickte und wandte sich Ibo zu, sie raffte sich zu ein paar schnellen Satzfetzen auf, die ihm die Situation erklären sollten. Ihre kleine Schwester hier, sonst immer die Vernünftigere von ihnen beiden, fleißig und angepasst, war in Wirklichkeit wohl noch verrückter als sie selbst und fuhr ein weitaus höheres Risiko, sie hatte nichts geahnt davon ... wie sollte sie das jetzt finden, verabscheuungswürdig oder toll? Eigentlich konnte sie diesen Irrsinn, den ihr Daggi da gerade erzählte, überhaupt noch nicht fassen ...

»Das ist deine Schwester?«, fragte Ibo irritiert. Sie hörten ihn nicht.

»Friedhelm liegt echt da hinten drin?«, Lena schrie fast.

Dagmar nickte heftig, prustete laut los, Lena fiel ein. Ein paar Leute guckten zu ihnen rüber, die Geschwister hielten sich in synchronem Erschrecken die Münder zu. Ibo, der nichts verstanden hatte, saß fasziniert dazwischen. Familienähnlichkeit gab es auf den ersten Blick keine, die Kleine hagerer, länger, trotz ihrer übernächtigten Kleidung auch irgendwie frischgewaschener als das mollige, farbenfrohe Sinnenbündel, das die Begleitung seiner letzten paar Wochen gewesen war.

»Dagmar, sorry«, streckte die mutmaßliche Entführerin ihm die Hand hin, er griff danach. »Ibo«, murmelte er, »Lenas Schwester bist du, warum hat sie nie von dir erzählt?«

Lena ließ Dagmar keine Zeit für eine Antwort, sondern zupfte sie wie ein Kind am Ärmel: »Kann ich ihn sehen?« Und schon waren sie zurück in dem Wortwurfspiel, vergnügten sich damit und trieben sich voran. Familiengemeinsamkeit klar bewiesen.

Warum das alles? – war natürlich die große Frage, und die kleine Schwester bot hurtig Begründungen an. Den Faschos im Ort eine fiese Tat unterschieben und sie anschließend blöde dastehen lassen. Aber eigentlich die Faschos an dieser fiesen Tat, die sie bestimmt vorhatten, hindern, indem man sie selber vorwegnahm – und eigentlich den Mann vor der fiesen Tat schützen, aber den Mann auch erschrecken damit – und ganz eigentlich ihn aus dem Ort treiben. Ein für alle Mal.

»So, wie du das auch schon gewollt hast.«

Nachdenkpause.

Jetzt lagen sie sich in den Armen, weinten fast.

»Aber«, wandte Lena dann ein, »wenn ich's richtig verstehe, bist du damit gescheitert wie ich?«

Die Müdigkeit, die sich auf Dagmars Gesicht legte, war für die anderen sichtbar wie ein gewebter Schleier.

»Es hat sowas von nicht funktioniert«, sagte sie dann und zündete sich eine Zigarette an. Sie hatte ihren Einfluss auf den kleinen Skinhead, den Gewährsmann des Plans, überschätzt und war jetzt voll in Panik, was ihm passiert sein könnte. Diese Panik erwähnte sie nur kurz. Dann sprudelte die Fortsetzung der Geschichte in einer Auflehnung gegen die Müdigkeit mit aller Gewalt aus ihr raus.

»In der Nacht sind die Faschos aufgetaucht. Zum Glück lag dein Ex schon betäubt im Kofferraum, ich wollte ihn ja eh wegschaffen. Und Uli – der von der *Fröhlichen Kurve*, weeßte ...«

»Du Scheiße, den Loser haste dir aktiviert«, rief Lena staunend.

»... Uli war gerade am Cleanen von seinem Schuppen. Plötzlich standen sie davor, Baseballschläger und Tränengas, bestimmt fünfzehn Mann, Anführer Kantack vorneweg. Der verlangte ganz cool, dass wir Benzler rausgeben. Wir: Wieso Benzler? Hier is nüscht. Aber weil die in der Übermacht waren, haben die sich trotzdem überall umgeguckt, alles durchsucht. Und als alle im Haus waren, hab ich das Auto so leise es ging ins Dickicht gefahren, wo man es nicht sehen konnte. Oh Mann, ich war kurz vorm Herzinfarkt. Was 'n Glück, dass Benzler betäubt war, das hätte noch gefehlt ...«

Lena hörte mit offenem Mund zu. »Sie haben nichts gefunden?«

Dagmar nickte. »Uli ist wirklich ein Meister. Sowas findste nur bei uns.«

Ihrer Schwester standen Tränen in den Augen. »Und die sind dann echt abgezischt?«

»Kantack hat sie zusammengepfiffen. Das einzige, was sie fanden, war eine Kassette von diesem rechtsradikalen Sänger Frank Rennicke. Da wusste er nun gar nicht weiter. Erklärte uns, sie regelten das auf ihre Art, ein Wink und einer der Jungs haute mit'm Schläger ein einzelnes Kneipenfenster kaputt. So als Warnung. Dann sind se ab. Und seitdem denk ich an Rolle, oh Mann.«

Ibo hätte gern mehr über den jungen Skin erfahren, aber Dagmar raste auf den Gedankengleisen schon weiter: »Ich muss ja los. Inner halben Stunde isser wach.«

Sie sprang auf. Wo denn hin, wollte Lena wissen.

»Wo sein Auto steht. Kommste mit, nee, oder? Aber zahlst du bitte mit?«

Sie stürzte raus. Ein paar Leute blickten ihr nach.

Lena legte den Kopf flunderartig auf die Tischplatte, schaute Ibo von unten her an und grinste. »Meine Schwester«, sagte sie stolz, fuhr hoch und schüttelte den Kopf. »Da fährt sie mit meinem Ex in die Wildnis. Beide wie betäubt.«

Ihr Kopfschütteln hörte nicht auf.

»Meinst du, das geht gut?«

Sie dachte kurz nach.

»Aber sowas von.«

Das Kopfschütteln war wie im Tanz zu einem heftigen Nicken geworden.

35.

Am Schienenkreuz hieß eine alte Brückenkreuzung mit stillgelegten Gleisen, die früher einmal von Berlin in die Neumark und von Norden nach Frankfurt/Oder geführt hatten. Seit langem wucherten die Gleise samt Bahnhofsgebäuden und Stellwerken zu, die eine seinerzeit noch nicht profitorientierte Bahndirektion vergessen hatte, zu verkaufbaren Immobilien umzuwandeln. Wäre das passiert, stünde jetzt in dem Tunnel- und Brückendickicht bei Neuendorf eine pleitegegangene Shopping Mall. Stattdessen parkte unterirdisch zwischen Grafittiwänden und Gleisresten ein einsames knallgelbes Cabriolet, mit Planen bedeckt, damit sich keine Spuren darauf niederlassen konnten.

Niemandsort.

Dagmar Wiesebau verfluchte sich. Sie hatte vergessen, von Rolle den Weg dorthin zu erfragen, das Zerwürfnis war dazwischengekommen. Auf der Karte hatte sie die Ruinen nicht gefunden, aber irgendwo ganz nah hier mussten sie sein.

Vor sich einen matschigen Hohlweg, neben sich auf dem Beifahrersitz die geknüllte Straßenkarte, hinten im Kofferraum ein immer kräftiger werdendes Stoßen ließ sie das Letzte aus der Kiste herausholen. Natürlich gab es im Auto kein Navi. In ihrem Handy die Ortung aktivieren, den Zugriff erlauben, sich mit der App zurechtfinden, dazu war jetzt keine Zeit.

Das würde ihre erste und letzte Entführung sein. Sie war kein Profi.

Bei ein paar Blechhütten am Waldrand, in denen den Wachhunden nach, die dort bleckend überm Zaun hingen, Menschen wohnten, bog sie rechts ab einen Feldweg hoch und malte sich aus, dass auf der Hügelrückseite das alte zerstörte Bahnhofsgelände mit einem Freudensprung vor die Windschutzscheibe des Autos hüpfen werde wie im Computerspiel – immerhin erinnerte die Frontscheibe mit ihrem Insektenrestemuster an eine Digitalgrafik. Aber jenseits des Hügels kamen wieder nur Felder in Sicht.

Ein falscher Lenkraddreh, und das Auto würde kippen. Sie merkte das in ihrer Müdigkeit kaum noch.

Noch ein Stoß von hinten und ihre Nerven würden reißen.

Aber da, in der trockenen Sonnenblumenmasse, inmitten hunderttausender hängender schwarzgelber Blütenkelche war eine Erdaufwallung erkennbar, vielleicht ehemals Bahnstrecke. Noch im Bremsen öffnete Dagmar die Autotür und rannte zu der Erhebung. Gleise. Nach Norden führten sie zurück in Gegenden, die sie kannte, also galt die andere Richtung. Wieder ins Auto, gewendet, über den Hügel an den Zäunen vorbei, wo die Hunde schon fast wie Bekannte ihr zubellten, rechts durch ein Waldgebiet bis vor eine Schranke.

»Durst!«, schrie es aus dem Kofferraum. Sie ließ den Motor aufheulen und hielt sich die Ohren zu.

Wäre die Schranke gesichert und nicht zu öffnen gewesen, sie hätte Benzler dort jetzt laufenlassen und sich gestellt. Nehmt mich hops.

Aber der Sperrarm aus rostigem Eisen fuhr wie von selbst nach oben, der Weg blieb fahrbar, und nach einer steilen Kehre erreichte sie die Ruinen der alten Bahnhofsanlage, wo sie vor Urzeiten mal gewesen war. Damals intakte Gebäude, jetzt zerbröckelt und berankt. Ihr fiel ein, dass Rolle gern einen Ausflug zu dem Gelände mit ihr gemacht hätte.

»Durst!«, rief es wieder.

Sie hatten so wenig unternommen miteinander, jetzt war es zu spät, dachte Dagmar und versuchte ein Schluchzen zu unterdrücken, während sie loslief, um das abgestellte Cabrio zu finden, zu dem sie Benzler dann irgendwie bringen musste. Wenn die Rechten vielleicht doch noch Wind von dem Standort kriegten … wie Trolle sprangen dunkle Figuren nach ihr, als sie rannte. Es waren nur Graffitis. Dann stolperte sie so ungeschickt, dass sie auf einer abschüssigen Rampe immer schneller wurde und sich fallen lassen musste, um zu stoppen.

Oben waren Leute. Erst dachte sie, auch nur gezeichnet, hingesprayt, aber die bewegten sich. Hand in Hand, zwei große Schatten, sie wusste nicht, ob zu ihr hin oder weg. Ihre Gedanken rasten, sich aufrappeln, die Rampe ganz nach unten laufen, tatsächlich, da stand das Cabrio. Die Planen ab, Schlüssel ins Schloss, starten. Der Motor sprang tatsächlich an.

Jetzt die Rampe hoch und durch den Matsch möglichst dicht zum eigenen Auto. Damit wenigstens der Rest des Plans eingehalten wurde. Nämlich, dass Benzler sein Cabrio wiederfand, nachdem er in der Nähe vom Clubhaus der Faschos aus der Narkose erwacht und vom verkleideten Uli, den er für Kantack halten sollte, hierher gebracht worden wäre. Zu spät … wichtig nur noch, dass sie sich unkenntlich machte, aber wie?

Sie kam sich sowas von blöd und erbärmlich vor. Und hatte zwar, gottseidank, an den Autoschlüssel vom Cabrio gedacht, aber natürlich nicht an Kopftuch und Kapuze, beide Utensilien war in ihrem Wagen geblieben. Wo Benzler wahrscheinlich schon halb kollabiert randalierte. Und wo auch die kleine Puppe lag, die ihn anfangs erschrecken sollte und am Ende daran mahnen, dass es Zeit war, die Gegend zu verlassen.

Hauptsache, er lebt noch, dachte sie. Der Pädo, wie Rolle ihn nannte. Sie schluchzte wieder auf.

Dann sah sie ihr Auto, den offenen Kofferraum, und Benzler schwankend daneben mit zwei Leuten, wahrscheinlich dem Paar von vorhin. Sie bremste abrupt und öffnete zögernd die Autotür. An Benzlers Handgelenken schlenkerten die Strickreste seiner Fesselung, gierig trank er mit großen Zügen aus einer Wasserflasche. Dagmar kam vorsichtig näher.

»Ja, manchmal geh'n wir dabei zu weit, ist schon wahr – für die Außenwelt jedenfalls«, hörte sie den Entführten sagen und dabei blinzelnd Blickkontakt zu ihr suchend.

»Und haben Sie keine Angst, dass mal niemand, so wie wir – ich mein', das wirkte doch wie in letzter Sekunde, als wir Sie da aus dem Kofferraum …«

»Wir haben beide ein Codewort, das bedeutet ›zu Ende‹ und immer die Möglichkeit, uns zu erreichen …« Benzler wies sein Handy vor.

»Auch mit gefesselten Händen?«, fragte staunend die fremde Frau. Ihr Begleiter brummte nur etwas.

Inzwischen hatte Dagmar die Gruppe erreicht, Benzler streckte seine Hände demonstrativ nach ihr aus und rief: »Das war ein großer Spaß heut', wirklich! Und schau mal, wir haben zwei nette Leute gefunden, die sich gleich in unser Spiel eingemischt haben!«

Die beiden Wanderer wichen zurück. Dagmar hatte den schweigsamen Mann erkannt und er sie auch. Die hochgewachsene Frau widersprach: »Wir wollten nur helfen! Ehrlich, einmischen ist nicht das richtige Wort.«

»So war es doch auch gemeint. Vielen Dank dafür!«

Die Frau griff nicht nach Benzlers dargebotener Hand, sondern hakte sich bei ihrem Begleiter ein. »Lass mal losziehen«, sagte sie leise, »kann sein, wir stören hier nur.«

»Oder«, rief Benzler und trat den beiden in den Weg, »wir machen ein Spiel zu viert! Der Ort ist wie prädestiniert dafür ...«

Die Frau blieb kurz stehen, aber der schweigsame Mann, der Dagmar mit keinem Blick würdigte, zog sie mit sich fort.

Die Zurückgebliebenen schwiegen. So lange, dass sie das Schrillen der Vögel und das Knarren der Äste im Wind hören konnten. So lange, dass sie den Stolz der vergangenen Gebäude in ihrer zerborstenen Schönheit in sich aufnahmen. Den ganzen Ort.

»Ich möchte ...«, sagte Dagmar leise.

»Du musst mir nichts erklären«, unterbrach Benzler gleich, »ich will euren Irrsinn nicht verstehen. Funktioniert mein Auto?«

Dagmar nickte.

»Dann nichts wie los«, lachte der Lehrer. »Habe gelernt und werde es anwenden. Keine Angst. Du hörst nichts mehr von mir.«

Er setzte sich in den Sportwagen, ließ das Dach aufspringen, winkte ihr zu und rief: »Bei all dem Merkwürdigen hat mich das ja nicht arm gemacht!« Er schwenkte die kleine Puppe und sah Dagmar lange an: »Glückauf.« Er fuhr los.

Mit ihrem Auto schaffte sie es bis zum Sonnenblumenfeld, wo sie wie betäubt anhielt. Wie die hunderttausend Sonnenblumenköpfe hing auch ihr Kopf zu Boden. Dann schlief sie ein.

36.

»Ganz schön irre«, rief Zara begeistert. Krassow und sie waren außer Sichtweite der Brückenruinen, und sie hüpfte geradezu in ihrem Redeschwall und hatte Mühe, die richtigen Worte zu finden. Was war denn das für ein Paar, dass sich solch einem gefährlichen Phantasiestrudel hingab, einem ganz dunklen Trieb, und gleichzeitig so weltklug und technisch versiert, mit zwei Autos am Start, dass man an einen Sport dachte, der aber tödlich werden konnte und wie ein unaufhaltsamer Sog? Immer schneller wurden Zaras Schritte, immer nachdrücklicher bremste Krassow an ihrem Arm.

»Was hast du? Find'st du das denn nicht extrem irre?« Sie zerrte ihn voran.

Manchmal waren seine Sprachschwierigkeiten schon mühsam.

»Kann mich da kaum reindenken, ob der im Kofferraum echte Todesangst ... und dann Erregtheit ja irgendwie auch ...«

Krassow blieb stehen. Mühte sich um etwas.

»Ob wir die in echt gestört haben?« Sie konnte einfach nicht aufhören. Er atmete mehrmals heftig, als stemme er eine Last. Kniff die Augen zusammen, sang dann zum eigenen erhobenen Zeigefinger: »Ich. Nicht.«

Zaras große dunkle Augen staunten ihn an, halb lachend, halb fragend.

»Ich. Glaubs. Nicht«, verdeutlichte er.

»Muss dir wichtig sein«, stellte sie leise fest und hielt an.

Seine Handbewegung schuf Distanz und er atmete weiter heftig. Dann formte er das letzte Wort: »Denen.«

Das verstand sie nicht, er sah es an ihrer Stirn. Alle Kraft.

»Denen nicht«, wiederholte er wütend. Erstaunlich, was für Energien er bekam.

Natürlich war es trotzdem aussichtslos, alles erzählen zu wollen, was er wusste und vermutete. Zumal Zara die Zusammenhänge nicht sah, weil sie auf die Leute im Ort kaum achtete, wenn sie nicht direkt Zaun an Zaun bei ihr wohnten. Was er manchmal für eine Art von Gleichgültigkeit hielt. Sie kannte weder Dagmar Wiesebau noch den Lehrer. Krassow kaufte es den beiden überhaupt nicht ab, dass die Schwester der Dorfschönen Lena mit ihrem Schwager eine Liaison der hier vorgespielten Art unterhielt, zu gefährlich und überhaupt nicht deren Geschmack, die hatten's doch mit Kindern. Aber Benzler konnte immerhin so etwas einfallen, der war ein Spieler. Krassow ließ die Aktion hier mit »Mann im Kofferraum« und »zwei Autos in der Ruine« eher an ein Machtspiel denken, an Erpressung, Vorteilsnahme, geschickt getarnt vor dem zufällig vorbeiwandernden Touristenpaar, wobei nur der Lehrer sie dafür gehalten hatte, der kannte ihn nämlich so wenig wie Zara die Leute im Ort. Entführung und Lösegeldforderung wären auch möglich. Er verbat es sich weiter zu spekulieren, ratterte aber doch das dörfliche Sündenregister in seinem Kopf durch, vom weit Vergangenen bis heute, zu den Aktionen der Skins, der Schwarzarbeit auf der LPG und Benzlers Amouren. Mit all dem könnte es zu tun haben.

Er sah Zara ratlos neben sich auf der Lichtung stehen, von der man übers Luch in der Ferne Grünmantel ahnte, die ersten Lichter im frühherbstlichen Abend.

Rede doch, dachte sie und wartete. Krassow dachte das Gleiche.

Dann schob er seine vagen Vermutungen weg und polte sich um. Fasste die Geliebte an den Handgelenken, hob die viermal fünf Finger zwischen ihre zwei Augenpaare und sagte todernst: »Aber. Dir.« Wiederholte es.

»Toll«, lachte Zara, »mir glaubst du? Ey, das will ich doch hoffen …«

Er hielt ihr den Mund zu. Führte sie vom Weg an einen Stapel gesägter und entrindeter Stämme – führte nicht, sondern packte, drängte und warf sie auf die Klafter, über die Rundung des kalten Holzes. Wovon sie träumte, das hatte er gehört, das hatte sie leichtfüßig ausgeplaudert, vielleicht ein wenig zu offenherzig, denn er konnte sich ja nicht wehren, kaum einmal zurückfragen oder etwas einwenden. Oder eben so, wie er es jetzt gerade tat, das verstand sie schon. Verstand es auch, ihn zu bremsen. Um ihnen beiden gerecht zu werden.

Im Morgenlicht waren sie zu Hause.

37.

Eigentlich sollte es sein wie immer, ein Kurzbesuch hinter der Grenze. Die gleiche Routine, Scheinwerfer an auf der Brücke, vorbei an den Marktständen rund um die alte Munitionsfabrik, an den Tankstellen lang, links abbiegen in die Werkstatt mit Waschboxen, wo sie ihn kannten, »Waschen und Saugen« sagen, den

Schlüssel aushändigen, kleiner Spaziergang über den Markt, das Auto eine dreiviertel Stunde später frischgeputzt abholen und kurz noch Benzin nachgefüllt auf der wegab gelegenen billigsten Tankstelle.

In die Spielsalons wollte er heute nicht schauen. In die zwei Clubs besser auch nicht. Die Abreibung am Ufer wirkte. Aber heimfahren würde er nicht mehr. Das kam ihm urplötzlich so in den Kopf. Kubrik tippte sich gegen die Stirn, um den neuen Gedanken dort einzulagern wie eine Intarsie in einen Körper aus Holz. Davon verstand er was. Und davon, dass jetzt alle Fehler, die passierten, ganz seine eigenen sein würden und nie mehr zu kaschieren oder zu rechtfertigen sein mussten oder ihm vorzuwerfen.

Schluss, Ende, Aus.

Ein letztes Aufbäumen des Sommers, so war ihm. Ein südlicher Wind fuhr ihm unter die Jacke. Ein Junge, der vor ihm ging, hüpfte ein paar Schritte lang, und Kubrik machte ihm das plötzlich nach. Der Wind schob sie beide weiter. War es Zufall, dass sein altes Auto gerade zu einer Inspektion sollte? Und deshalb sechshundert Euro Bargeld seit zwei Tagen in seiner Brieftasche lagerten, zusammen mit der Kreditkarte, die sonst im Schreibtisch blieb?

Es gibt keinen Zufall. Breit grinsend hatte er das in die belehrenden Gesichter von Hanne Perl, Sylvie Morgentau und seiner Lieselott gesprochen. Alles ein Zeichen. Sollten sie doch. Dass der Gemüsemann faule Salatköpfe in die Tonne trat, dass in dem Kaffeeladen überraschend auch eine Straßenkarte von Polen zum Verkauf stand, dass der *Kantor* heute auf hatte – sonst ewig geschlossene Wechselstube, und gar nicht mal schlechter Kurs –, und dass es für fünfundfünfzig Euro achtzig am Stand mit den Reichkriegsflaggen auch wieder die kleine Handfeuerwaffe gab, die er schon einmal befühlt und gewogen hatte und sich jetzt gründlich erklären ließ, zwanzig Schuss Munition für zehn Euro – es gelang ihm sogar, das etwas runterzuhandeln.

Zeichen, Zeichen, Zeichen, meine Damen. Auf und davon.

Die Sonne reflektierte das metallene Straßenschild, das prächtig den Beginn einer fremden Wojwodschaft ankündigte. Da war er schon weiter gefahren als jemals sonst. Das Licht brannte ihm in den Augen, als die Straße hügelwärts lief, es war hoher Mittag, noch gar nicht spät und schon so viel geschehen. Er knipste das Radio an, und eine Stimme empfing ihn mit hübscher Gitarrenmusik bei *Radio Maria*.

Die blumenbewachsenen Kreuze an den Dorfplätzen kamen ihm wie die Antennen für diesen Sender vor. Und das junge, etwas zerlumpte Paar an einem unbeschrankten Bahnübergang, den er im Schritttempo nahm, erschien ihm wie die Eltern des Heilands. Mit dem ihn nichts verband.

Auch so ein Josef, grinste er in sich rein, da hatte er schon gehalten.

Die beiden sprangen hinten ins Auto.

38.

Ibo war Städter, Westberliner, daheim in der Vielfalt. Immer gewesen. Er wusste nicht, ob es an der stetigen Ausdehnung der Metropole lag, an ihrer Höherbewertung oder vielleicht am eigenen Alter, er mochte die Stadt nicht mehr. Er erschrak, als er das merkte. Seine Ablehnung bedeutete natürlich nicht, dass er sich jemals zu einem zeitabgewandten Landmann verwandeln könnte, der sich auf den Tageslauf konzentriert und sonst nichts.

Doch davon träumte er jetzt manchmal.

Am Berliner Ring begann die Kühle, ab Blumberg wirkte Verhässlichung auf Lena und ihn ein, ließ sie erst schweigen und Lena dann jubilieren. Denn jetzt ging es los, ab jetzt war hier Stadt, also Möbellager, Baumärkte, Imbissketten, Gated Communities neben Müllverbrennungsanlagen und Hundetrainingsgeländen.

Ab jetzt war offenes Elend neben der städtisch schlanken sportlichen Sattheit.

Armut in Wohlstandsgesellschaften ist immer fett, aber in Städten wirkt Fettheit noch krasser. Eine fette Frau, die im Schatten eines Bankgebäudes aus Spiegelglas in einem Altpapierbett schläft, das ist offenes Elend.

Ibo fühlte sich bei der Einfahrt nach Berlin jedes Mal klammer. Ein Kraftfeld saugte. Je näher man der Innenstadt kam, desto heftiger signalisierten die Menschen, solange es irgend ging, in Kleidung und Körperhaltung, sie kämen schon klar.

»Mensch, sind die schräg«, rief Lena am Steuer aufgeregt und riss die Sonnenbrille runter. Ihr schien zu gefallen, was Ibo nur tapfer fand. Die neuen Eindrücke verdrängten jedenfalls Schwester, Ex und Faschos. »Guck doch mal da«, rief Lena dauernd und zeigte auf dicke Fernheizrohre im Rostmantel, lindgrüne Bürgerfreundlichkeit an renovierter Platte, Kampfhunde auf Spielplatzpiratenschiffen und auf Imbisse, die sich im Vorgriff auf die inneren Kultviertel eine Anmutung von schüchterner Boheme leisteten.

In Ibo stampfte es Heimat, verlorene Heimat.

Lena sagte gerade: »Ich war so lang nicht hier. Weiß gar nicht genau, warum. Das ist doch Leben …«

Sie fuhr zu langsam für eine Städterin und wechselte ohne zu blinken die Spuren. Als Schwarze in den USA könnte sie dafür schon erschossen werden, dachte Ibo und verbot sich, ihr einen Rat zu geben. Er schloss die Augen. Das trägt, dachte er, allein das Fahren ist das Ankommen wert.

Bei einem alten Bekannten konnten sie heute Nacht bleiben, es traf sich, dass es ein früherer Kollege war, immer noch bei *Straßen ins Nirgendwo* tätig. Eigentlich verdankte Ibo ja der Serie seinen Abgang nach Grünmantel. Kam sich altväterlich vor, als er Lena das jetzt erzählte.

Die parkte das Auto spontan an einem freien Platz beim Ostkreuz, wo eine Klezmerband spielte, rief: »Ich kann nicht zuhören, tut mir leid! Kannst du dir vorstellen, wie das damals hier aussah, als ich *Herbst in Peking* hinterhergereist bin? Ey, grau in grau …«

Sie bummelten in den Abend durch Friedrichshain, durch Soho, Navigli und Brooklyn, schlürften Cocktails und veganes Eis, zählten Sprachen, die vorbeiflogen und wetteten auf die Länder. Hier war Vielfalt

Trumpf, ganz unten war sie noch verpönt und wurde Deutsch erwartet, ganz oben war schon Englisch die Norm. So wurde die *Volksbühne* gerade von deutsch auf Englisch umgepolt, um wettbewerbsfähig zu bleiben. Die Menschen hinkten noch hinterher.

»Mir ist das gestern erst eingefallen, hab das mega vercheckt«, erklärte ein atemloses Mädchen seiner Freundin im *Zeitlupencafé*. Später auf einer Parkbank aneinandergelehnt hörten sie, wie eine Frau, die einen Buggy schob, von ihrem älteren Kind gefragt wurde: »Mama, du hast mich aber ziemlich spät gekriegt – warum hast du mich so spät gekriegt?« Die Frau blieb direkt vor ihnen stehen. Sie sagte nach einem Zögern: »Weil ich den Papa da noch nicht kannte ...«

»Sehen Se, ditt is Berlin«, sang Ibo in Lenas Ohr, »eine Stadt, die sich jewaschen hat ...«

Ohne es zu erwähnen, wussten sie, dass es Abschiedszeit war. Lenas anhängliche Aufgeregtheit trieb sie durch den Abend in die Nacht.

»Hätt ich nicht gleich alles mitnehmen sollen«, fragte sie einmal, als sie eine Menschenschlange für eine Wohnungsbesichtigung kreuzten, »aber ich brauch was zum Geldverdienen.«

»Wart's ab«, brummte Ibo, dann liefen sie runter zur Spree, wo eine Flotte von Tretbooten mit Laternen drauf den Wasserverkehr so romantisierte wie ein Pulk Glühwürmchen eine Spätsommernacht. Fix schlängelte Lena sich unters Fenster des Verleihs und kriegte das letzte Boot.

»Voilá, die Städterin«, verbeugte sich Ibo.

Auf dem Wasser trieben sie dann so dahin.

»Wird eng werden auf der Matratze, vielleicht schlaf ich besser im Auto ...«

Lena nahm Ibos Kopf. »Ja, die Probe ist irgendwie schief gegangen: Nochmal so jung zu sein. Wenn wir uns wiedersehen, sind wir bestimmt ganz faltig.«

Sie lachten dagegen an, aber der Kuss, den sie ihm gab, würde so nie mehr kommen, das wusste er.

»Oder bleibst du mit hier?«

Ein kleiner roter Flugzeugpunkt flog am Fernsehturm vorbei Richtung Norden. Ibo schüttelte nur den Kopf.

Am nächsten Tag gab es Frühstück in einer Stehbäckerei, sachlich kurz. Die Produktionsfirma residierte Clayallee, Dahlem, und mit Ibos altem Kollegen waren sie Punkt zehn Uhr zur Stelle. Lena war als möglicher Coach für Land- und Ostverhältnisse avisiert, denn tatsächlich hatte *Straßen ins Nirgendwo* neuerdings einen Handlungsstrang an der deutsch-polnischen Grenze.

»Gibt eben keine Zufälle«, rief die Beraterin in spe übermütig in den Fahrtwind.

Das weißgetünchte Großraumbüro mit den Modern-Art-Replikationen, dem langen Arbeitstisch, sechzehn Holz-Leder-Stahl-Wippstühlchen, acht an jeder Seite, mit dem Sessel an der Front – alles war wie vor zweieinhalb Jahren, abgenutzt durch Zeit, Stress und Meetings. Nur der Sessel der Generalin blieb leer, die Kultur-Chefin war in den vorzeitigen Ruhestand versetzt worden, nachdem rausgekommen war, dass sie jedes zweite von ihr beauftragte Drehbuch unter Pseudonym selbst verfasst hatte. Wie auch die Kontodaten für die von ihr erfundenen Autorinnen.

Ibo war gespannt, für wen der Sessel jetzt gedacht war. Lena und er wurden unkompliziert vorgestellt, man besprach dann ohne Umstand die nächste zu drehende Folge. Zeitdruck war der normale Zustand der Branche, und als ein Autorenpaar den Handlungsstrang und die Außencharaktere skizziert hatte, kam Lenas Chance.

»Nein«, schaltete sie sich freundlich ein, »die Ranger im Nationalpark sind keine Staatsbediensteten. Eine juristische Mischform, dieser Nationalparkverein ...« So weit sie wisse in sich zerstritten und die radikale Fraktion darauf aus, das ganze Gebiet zum Wildnisbereich umzugestalten. Allmählich entfaltete sie als Handlungsvorschlag ihre eigene Intrige mit den Przewalskis ...

Ihre Art zu reden war wieder der Gegebenheit optimal angepasst. Ibo merkte erst jetzt, dass sie das Trägerkleid von ihrer ersten Begegnung trug. Fasziniert hörten alle ihr zu und folgten den großen Gesten der dezent mit Metall geschmückten Arme. Lena saß vorgebeugt und mit Blickkontakt, man hing ihr an den Lippen, der Grenzkrimi wuchs sich aus, als zwei weitere Herren den Konferenzraum betraten und betont leise die Tür schlossen. Der eine – Hosenträger über weißem Hemd und aufgekrempelte Ärmel – wählte den frontalen Sessel, der andere – ein Anzugsbürokrat mit Glatze, dem allerdings, sobald er saß, ein paar Tätowierungen an Hals und Handgelenken aus dem Körper lugten – nahm den letzten freien Stuhl. Sie beäugten die Szenen entwerfende Frau in Rot.

Ist gut in Fahrt, dachte Ibo. Geschmeichelt erwiderte er bewundernde Blicke von Ex-Kollegen. Und der

Typ an der Frontseite gibt den Chef, dachte er. Schnapp, schnapp, machten die Hosenträger. »Das ist gut«, murmelte der Mann, als Lena sich in einen Guerillakampf zwischen Altbauern und Nationalparkkonkurrenten reinsteigerte, »filmisch eins a«.

»Vielleicht auch was Ideologisches zwischen Nationalpark und EU?«, warf der versteckt Tätowierte spöttisch ein, wobei er das »national« betonte.

Lena nahm ihn da zum ersten Mal wahr. Wer sie wie Ibo ein bisschen kannte, merkte, wie sie zurückfuhr.

Der Chef unterbrach: »Die meisten hier kennen sich. Der Form halber will ich mich erstens für mein Zuspätkommen entschuldigen, zweitens vorstellen: Aus den Anfangstagen der Serie – Ibo John, der ... nun, seinen schmählichen Abgang damals, von dem mir ja nur berichtet wurde, jetzt vielleicht wettmacht, indem er in die Mannschaft einbringt Frau ...«, er blätterte und sah gleichzeitig frech einladend zu der Angesprochenen rüber, »... Frau Lena Wiesebau, die offenbar profunde Kenntnisse über die Gegend auf dem Kasten hat, in die unsere Geldgeber die Serie gedrängt haben ... und vielleicht noch einiges mehr, auf dem Kasten, meine ich. Herzlich willkommen!«

Man klopfte mit Knöcheln auf lackiertes Holz, Lena stand auf und verbeugte sich kurz.

Nicht mehr ganz so lässig wie anfangs, fand Ibo.

»Übrigens«, fuhr der Chef fort, »auch ein profunder Kenner der Gegend, aber ganz anderer Art, ist er hier«, er wies auf den versteckt Tätowierten, »wir haben das unverschämte Glück, einen Undercover bei uns zu begrüßen. Man liest davon, man glaubt's oft nicht. Und wer irgendwas von dem, was ich hier jetzt an Infos verrate, nach draußen bringt, dem oder der zerquetsch ich die Eier – oder das Entsprechende – ist das klar?«

Unbekömmliches Schweigen.

»Ob euch das klar ist!?«

»Ja klar«, murmelten die erwachsenen Mitarbeiter einer populären TV-Serie im Chor. Ungern, undeutlich, aber alle.

Schnappschnapp machten die Hosenträger.

Der Chef fuhr fort:

»Dr. Braun ist Mitarbeiter beim Bundesamt für Verfassungsschutz. Ein Kenner der einschlägigen Szene, der rechten natürlich – fast wär mir rausgerutscht: Wie schon sein Name sagt ... Dort, wo er tätig ist, wo er mit dem Einsatz seiner Person schlimme Gewalttaten verhindert und für Deeskalation sorgt, da agiert er allerdings unter einem anderen Namen. Und mit den Hintergrundberichten dieses Kameraden K. aus Nordostbrandenburg können wir den Realitätsgehalt unsrer Soap gegenüber der Konkurrenz um mehrere hundert Prozent steigern. Das ist ein Coup, meine Damen und Herrn!«

Dr. Braun stand auf und verbeugte sich. Wieder wurde auf Holz geklopft.

»Die Interna des Beamten, so spannend sie sind«, die Chefstimme wurde leiser und verschmitzt, »sind natürlich tabu. Wer's anders will, hat mich am Hals, den ollen Thommi Oppermann. Der bisher noch immer wusste, wo's langgeht.«

Damit stand auch der Chef auf und grüßte in die Runde, die Knöchel hauten nochmal schmerzhaft auf die Platte.

Dr. Braun wollte etwas erklären, spürte aber, dass es mit der Konzentration in der Runde zu Ende ging, deshalb sagte er nur halb gekrümmt: »Wir stehen da draußen an harter Front. Wir schützen die Demokratie. Ich will ein bisschen davon in diese spannende Serie einbringen.«

Oppermann winkte lachend zu ihm rüber, sonst achtete keiner mehr auf ihn.

Das Meeting war vorbei.

Lena, ehe sie vorn zum Tisch ging, um sich in irgendwelche Listen einzutragen und Termine zu machen, nahm Ibo beiseite. Stark und konzentriert sah sie aus, glücklich, wie er fand.

»Weißt du was«, sagte sie fast tonlos, »der Informant, Braun, das ist Kantack. Den krieg ich hier«, sie lachte leise auf, »den spitz ich in den Boden.«

»Ich wünsch es dir von Herzen«, sagte Ibo.

Dann ging er raus.

39.

Als Fahrer funktionierte Kubrik zuverlässig, achtete die Landstraßenhöchstgeschwindigkeit von achtzig Stundenkilometer und in geschlossenen Ortschaften die von vierzig – da sollten sie ruhig spotten und maulen. Ihm von hinten dieses Wodkamischgetränk aufdrängen, das sie im Rucksack dabeihatten und das angeblich kaum Alk enthielt. »Bissken, kleinsbissken«, sagten sie abwechselnd in sein Ohr, und er schleuderte sein kategorisches »Nje« über die Schultern zurück.

Er wusste, wie er zu reden hatte. Auch »na lewo« und »na prawo« kannte er, links und rechts, es brachte Spaß, nach ihren Anweisungen herumzukurven, weil er nichts zu verlieren hatte außer seinen Groll und die Nebelwand vor dem Gebirge der Zukunft. Außer der inneren Unwucht, die ihn verlockte, sie durch Fahren vergessen zu machen und erst an einem nicht von ihm bestimmten Ort anzuhalten, jenseits des Nebels.

Manchmal tat er, als verstände er falsch, fuhr die entgegengesetzte Straße, die beiden riefen dann »Stop«, und einmal drehte er sich um und rezitierte nach hinten hin: »Manche meinen, lechts und rinks kann man nicht velwechsern. Werch ein Illtum!« Das hatte er mal auswendig gelernt für ein Stubenfest seiner Grenzer, hatte ihm Ärger eingebracht damals, schon weil es eigentlich das Gedicht eines kleinbürgerlichen österreichischen Poeten war.

Die beiden hinten lachten darüber. Nahmen einen Schluck und winkten ab. Andżelika und Leszek. Er wusste die Namen, sonst weiter nichts. Was man sich erzählte, ergab sich aus dem Fahren, das Fahren bestimmte er, und irgendwann, als der Motor kochte, diktierte die alte Maschine das weitere Geschehen. Wasser musste ran, einen Kanister hatte er selbstverständlich dabei, und nein, das Wodkalimo-Gemisch war nicht tauglich für den dampfenden Motor.

Auf die Landstraße und zu Fuß weiter.

Eigentlich, fand er, hätten die jungen Leute den Weg ohne ihn machen können, jetzt zog er mit diesem Leszek den Hütten entgegen, aus deren Schornsteinen Rauch stieg und aus deren Gärten Tiergebrüll tönte. Dann Menschenrufe und Lachen, am Ende Musik.

»Epoka Kamienia Łupanego«, Leszek zeigte auf den Dorfplatz mit einer uralten Kirche, deren Dachsparren, von ihren Ziegeln längst befreit, wie in aufgeschnittenen Fetzen nach unten hingen.

»Steine Zeit« übersetzte er, es klang mehr verächtlich als traurig.

Sie klopften am ersten Haus. Leszek sagte schnell sehr viel, doch das Gesicht der mittelalten, braungebrannten Frau im Arbeitskleid hellte sich nicht auf.

Da streckte Kubrik seine Hand aus und sprach: »Ja jestem Josef Kubrik, jestem niemiecki«, verrückt, wie die Sprachbrocken ihm wieder zufielen.

»Jeśli chcesz do wody?«, fragte die Frau und wandte sich von Leszek ganz ab.

»Tak«, bejahte Kubrik und hielt ihr den Kanister hin.

»Ale jak.« Die Frau war im dunklen Gang verschwunden.

Leszek redete auf einmal englisch: »She likes you. I don't know why.«

Das wusste er selber doch auch nicht. Sie mochten ihn immer in dem Moment, wo er vor den Türen stand mit einer Frage, um etwas bat, eine helfende Hand ausstreckte. Mochten ihn, solange er die Pose nicht änderte. Den Fuß in der Tür, die freundliche Schlagfertigkeit. Später sah das anders aus, später baute er in seiner Sorgfalt und Gründlichkeit ein festes Haus, das offenbar niemand mochte. Für die anderen zu dunkel, für ihn selbst zu eng. Gehofft hatte er, es mache glücklich und glücklicher, aber Sicherheit war kein Glück, das wusste er jetzt.

Die Frau kam mit vollem Kanister zurück.

»Dziękuję bardzo«, sagte Kubrik in ihr warmes Gesicht, das sich einladend dem Gang und dem jetzt erleuchteten Wohnraum entgegendrehte.

Er drückte Leszek die Wasserlast in die Hand und fragte die Frau: »Jak masz na imię?«

»Maria«, antwortete sie. Weil sie so staunte, klang es wie eine Frage.

»Das muss dann wohl so sein«, knurrte Kubrik und nahm ohne zu zögern ihr Gesicht in die Hände.

»Wrócę«, versprach er, »do widzenia.«

»You'll never come back«, knurrte Leszek.

Auf dem Weg zum Auto schwiegen beide Männer. Der Motor war schnell gekühlt, und schnell war auch geklärt, wo das junge Paar hinwollte.

Als sie losfuhren, prägte Kubrik sich den Dorfnamen ein, Witniczka. Und die Einladung des Pärchens, sie doch für den weiten Weg, die angenehmen Stunden, das gesparte Fahrgeld eine Nacht als ihr Gast zu erfreuen, lehnte er dankend ab. Ließ sie an ihrem Ziel raus und tuckerte langsam noch ein paar Kilometer, dann hielt er.

Er wusste den Weg zurück zu der alten geborstenen Kirche. Und dem freundlichen sonnengebräunten Gesicht.

Aber die Nebelwand war weg, das wusste er auch. Wie gut, dass der Luftdruck von allen Seiten auf uns wirkt, dachte er. Käme er nur von oben, wären wir sofort tot. Je länger er fuhr, je strikter er fernblieb, desto klarer würde die Luft sein. Desto leichter für alles, was noch kam.

Als der Motor sich ein paarmal weigerte, anzuspringen, wurde er aufgeregt wie ganz früher.

Dann tat er es wieder.

40.

Die Glocke, die in Grünmantel die Stunden schlug, hing nicht im Kirchturm, sondern im Dachstuhl des Museums. Sie beschallte das im Innenhof gelegene Café etwa zwei Minuten zu früh, was Touristen, die in ein strenges Zeitkorsett gepresst waren, verschreckt aufspringen ließ, ehe sie sich mit einem Blick auf ihr Smartphone wieder beruhigten.

Der Museumsgarten war bei gutem Wetter von April bis Oktober der schönste Platz im Dorf. Tische und Stühle, Kerzen und Deckchen, vieles lag und stand bereit, auch ein paar Sessel, Blumenkübel und Rabatten. Beschattet war das Ganze von einem großen Walnussbaum, an der Nordmauer kletterte ein dickes Rankengewächs hoch, dahinter erstreckte sich eine zerfallene Scheune.

Manchmal war Hochbetrieb im Café, manchmal Flaute. Die Kuchen wurden von den Frauen des Ortes gebacken, manche mit Puddingpulver aufgedickt für mehr Festigkeit, jeder Geschmack bedient. Initiiert hatte den lauschigen Ort der neue Pfarrer, ein sozial engagierter Mann. Das Interesse des alten Pfarrers dagegen hatte dem Niederschlag holländischer Worte im Grünmantler Platt gegolten.

In diesem Paradiesgarten tafelten jetzt zwei hauptstädtische Radwanderinnen und diskutierten lautstark über Akkupunkturtherapien für Kniegelenke.

»Honig in einer Mullbinde aufgetragen hilft auch«, mischte sich Marlies Rogacki ein, die den Kuchen brachte, Johannisbeere auf Zitronencreme.

»Mullbinde?«, horchten die Damen interessiert auf. Volksheilkunde aus erster Hand hier in so herrlich entlegener Gegend. Marlies ergänzte schnell: »Oder Beinwell. Die Wurzel gekocht als Paste. Die Blätter als Gelee aufgetragen.«

»Davon hab ich gehört«, nickte eine der Damen.

»Wir ha'm ein Buch darüber, hier aus'm Ort«, Marlies stapelte die Milchkaffeetassen, »eher Fibel«, korrigierte sie sich. Fibel klang älter und strenger für solche Stadtradfahrerinnen.

»Eine Fibel, aha«, riefen die Damen synchron, »über Kräuter?«

Marlies wollte mit dem Tablett los.

»Ach, die hätten wir doch gern mal gesehen«, orderte die eine, und die andere: »Und dann bitte noch zwei ... und zahlen.«

»Zwo Milchkaffee plus Fibel plus Rechnung«, summierte Marlies, während von einem anderen Tisch eine übermäßig dicke junge Frau den Daumen grinsend hochhielt. Sie hatte das Verkaufsgespräch mitgehört.

Eine Kugel auf Stampfern, Eis leckend, keuchend, das war Cindy Melchow, die hier auf jemanden wartete. Sie war nicht gerade Stammgast im Museumscafé, ihre Szene mehr die Bierstände auf den Stadtfesten in der Kreisstadt, wo es von ihrer Gestalt so viele gab, dass sich niemand darüber wunderte. Mit Vierzehn schwanger, hatte sie danach die Ballonform behalten, während das Kind bei Oma Sabine aufwuchs, der Tochter des alten Melchow.

»Du, ick weeß ooch nich, hab den nur eenmal rangelassen, auf der Auschwitz-Fahrt, war soon heißer Abend und nüscht zu tun sonst...« Sie hatte das mit all ihrem Babyspeck-Charme der Mutter genau so gebeichtet, und weil Sabine gerade eben die Schlussrate der Frau Mengolong überwiesen bekommen hatte, außerdem den Zuspruch einer Mini-Versehrtenrente, sagte sie seufzend: »Na, iss jut. Det krieg'n wa schon mit der Kleenen ...«

Denn ein Mädchen würde es sein, das wussten die beiden Frauen auch ohne Voruntersuchung. Seit des alten Patriarchen Tod war kein männlicher Spross mehr gekommen.

»Ditt iss ditt Juute dran.«

Als jetzt Wagenräder quietschten, dachten Marlies und Lieselott, die sich den Dienst in der Küche teilten, an Sabine plus Enkelin auf einem Dreirad. Aber Lieselott, die als erste den Kopf raussteckte, schüttelte aufgeregt ihre Locken. Ein Rollstuhl kam, geschoben von einem Mädchen. »Det is diese – Dings«, Lieselott schnippte angestrengt mit den Fingern. »Madlen«, ergänzte Marlies, die auch aus der Tür schaute, »wohnt im Neubau und ... – Tach, Madlen«, rief sie laut, »wen hast denn du da mit?«

Madlen steuerte Cindys Tisch an. Ernst nickte sie rüber. Cindy war schon knieschonend aufgestanden, Ellbogen vorneweg, und wollte die Freundin begrüßen, da blieb Madlen noch einmal mitten im Garten stehen.

Alle schauten jetzt auf den Rollstuhl.

Lieselott sprach als erste: »Mein Gott, das ist doch aber ...«

Marlies Rogacki hatte den Verletzten auch erkannt.

»Rolle Theurich«, nickte Madlen und sah vorwurfsvoll in die Runde.

»Wie denn das«, fragte Lieselott.

Man merkte, dass sie die Verletzungen schrecklich, den Jungen aber, der sie trug, nicht so bemerkenswert fand.

Rolles Arme und Beine waren bandagiert, an seiner Brust klebte eine tickende kleine Maschine, und sein Kopf war bis auf einen Spalt, aus dem die Augen schauten, mit Gaze umwickelt.

»Kann er sprechen?«, fragte Marlies.

Madlen schüttelte den Kopf: »Noch nicht. Soll aber alles wieder kommen«, fügte sie gleich hinzu, und die kindliche Freude, die dabei aus ihr brach, rührte für einen Augenblick alle.

Cindy setzte sich wieder.

Um die Fragen vorwegzunehmen, die in der Luft lagen, sagte Madlen: »Der Kantack und sein Scheißverein, wer denn sonst. Wer legt ihn denn sonst so direkt vor der Werkstatt ab, wo ich ihn finde frühmorgens? Ich versuch das seit Tagen den Bullen klarzumachen, sorry – der Polizei. Man muss endlich was tun gegen die.«

»Die Polizei?«, fragten Marlies und Lieselott irritiert.

»Nee, die Faschos«, antworteten Madlen und Cindy fast wie aus einem Mund. Als sie das merkten, schauten sie sich an und waren sich einig.

»Na, er hat sich das aber immerhin selbst ausgesucht«, wandte Lieselott nach einer Pause ein.

»Alles Glatzen, der Horror«, flüsterte eine der Stadtradfahrdamen beim Aufschließen ihres Citygliders der anderen zu.

Madlen schüttelte den Kopf.

»Das mit dem Aussuchen ist so 'ne Sache, Frau Kubrik«, antwortete sie, und man merkte, dass sie sich einiges dazu verkniff, »im Krankenhaus meinten sie, sie kennen das. Dass die Bande 'ne Handschrift hat. Bestien.«

Sie schob den Rollstuhl an Cindys Tisch.

»Dann hätten wir gern zweimal Zitronenlimonade«, bestellte sie, »mit paar Strohhalmen und paar Servietten dazu. Das kommt alles wieder, sagen die auf der Neurologie. Und ich glaub's.«

41.

»Der Vorgang wird bearbeitet«, »Sie erhalten gleich Ihre Karte«, »Karte einbehalten – wenden Sie sich an Ihren Kundenberater«.

In dieser Reihenfolge sprach der Geldautomat zu Zara. Sie hatte aus Neugier auf Laut gestellt, jetzt war es ihr peinlich wegen der Leute, aber die taten gleichgültig. »Mein Kundenberater, wer soll das bitte sein?« Sie schlug mit der Faust auf den Euro-Ausspucker.

»Kommt aus 'ner anderen Zeit«, sagte der Mann hinter ihr, »als wir nicht nur Überziehungsvieh war'n. Vorsicht – ich will ooch noch ran.« Er fiel ihr vor dem zweiten Faustschlag in den Arm.

»Danke für Ihr Verständnis«, sagte Zara.

»Sagen Se das mal jemandem in Athen«, grinste er zurück.

Da lachte ein Dritter von hinten, der mitgehört hatte: »Heute grill'n wa auf Griechisch, wa, ohne Kohle ...«

»Ja ja, du kannst mich mal«, brummte der andere, steckte seine Karte rein und bekam auf Anhieb die Höchstsumme ausgezahlt. »Sechzig Patten pro Tag …«, er schüttelte den Kopf, »darf ich Ihnen was leihen?«

Zara schlug das zweifelhafte Angebot mit einer abwehrenden Bewegung aus. »Um Gottes Willen«, rief sie lachend, und als der Mann nicht locker ließ, ging sie einfach weg.

Sie hatte damit gerechnet, verdiente ja nichts mehr. Seit dem Frühjahr war die Abfindung verbrannt, also fast im Handumdrehen. Dazugekommen war nur das bisschen für die drei Maßhemden, die sie auf Sofies Vermittlung hin genäht hatte. Sofie hatte ihr auch Jobvorschläge gesimst, aber Antwort war ausgeblieben. Über das Geldverdienen sprach Zara nie gern. »Ich arbeite immer«, pflegte sie zu sagen, oder neuerdings »ich bin doch glücklich« wie ein übermütiges Kind, »und das Glück riskiert man nicht, stimmt's?«

Sofie wagte nichts einzuwenden.

Manchmal steckte ihr Krassow was zu. Eigentlich immer häufiger. Krassow hatte regelmäßige Aufträge, beständig fuhr er mit dem klapprigen Kastenwagen los und kam mit einem Bündel Scheine zurück. Natürlich erfuhr sie nicht, wo, für wen und wieviel – was ging es sie an? Sie vermutete außerdem eine Erbschaft, Behindertenrente, was auch immer. Den Wert der Scheine, die er ihr zusteckte, notierte sie aber. Sie hatte das Geld nie zurückgewiesen, schwieg dazu, bedankte sich nicht, kochte und wusch, versorgte sie beide und stattete den Haushalt mit ungewöhnlichen, manchmal auch teuren Dingen aus. Soweit war es zwischen ihnen gediehen. Kaum noch vorstellen konnte sie sich, wie es damals begonnen hatte, als Zara Mengeleng als Auftraggeberin den Bewerber Karl Krassow auf Tauglichkeit prüfte.

Sie hatte heute extra den frühen Bus in die Kreisstadt genommen. Bunt und froh gekleidet hob sie sich von den Rentnerinnen und den in modische Matttöne gewandeten Jugendlichen ab. Nur schnell wieder raus aus dem Bratenduftstädtchen, die nächste Verbindung ging in zehn Minuten. Warum sollte sie hier in dem hässlichen Ort zum Arzt, beim nächsten Berlin-Besuch könnte sie den alten Hausarzt kontaktieren, und wenn es schneller gehen sollte, gab es in Grünmantel auch eine Ärztin, sie war nur nie da gewesen, so gesund fühlte sie sich.

War nur eine leise Ahnung, seit einer Woche vielleicht, vielleicht ja auch viel zu früh. Und eigentlich hätte sie mit Krassow darüber gern erst geredet, wenn es sicher war. Jetzt ließ sie das nicht mehr los. Viel zu langsam tuckerte der fast leere Bus und umkreiste nach kilometerlangem Umweg Haltestellen, an denen niemand stand oder ausstieg. *Wir Bewegen Sie* stand als Motto der Verkehrsgesellschaft auf den Fahrzeugen, Zara hatte sich manchmal vorgestellt, dass die Busse damit gemeint waren – jemand kam angerannt, der Fahrer sah ihn noch, gab aber Gas, denn der Bus sollte ja bewegt werden und nicht der Fahrgast.

Ihr Herz flog voraus. Natürlich würde Karl sie nicht abholen, wahrscheinlich war er unterwegs, eigentlich war es auch falsch, ihn schon einzuweihen. Worin denn auch, es gab doch nichts! Für ihn wäre die Umstellung riesengroß, vielleicht schockte es ihn auf eine Art, die ihn vollends verstummen ließ. Sie wusste nicht mal genau, wie alt er war – über fünfundfünfzig, das hatte sich mal ergeben, weiter gefragt hatte sie nie.

Sie würde nichts sagen. Doch, musste sie. Halt einfach die Klappe! So ging es hin und her bis zur Pforte vom Hof.

Krassow stand im Garten.

Sie wusste gleich, dass etwas passiert war. Sein schütteres Haar flatterte in Böen, sie lief auf ihn zu, ihr Zigarettenrauch wehte ihm ins Gesicht.

Er hatte sich rausgemacht, in einen Anzug geworfen, drehte sich jetzt etwas weg von den Rauchschwaden und suchte dringend Zaras Blick. Eine Geste zum Haus hin, zum Keller, zum eigenen Körper, ein Nicken und das Zeigen auf eine nicht vorhandene Armbanduhr.

»Also Zeit hast du heute?«

Er nickte.

»Und willst mir was zeigen, im Haus, im Keller, was ist los?«

Er zögerte.

»Oder besprechen?«

Das wohl auch nicht. Zara spürte Ungeduld aufsteigen. »Ich aber möchte etwas besprechen«, sagte sie dann, »also komm!«

»Komm«, wiederholte er.

Als Krassow sie zur Kellertür dirigierte, spürte er Widerstand. Wenn er grob wurde, fürchtete er, dass es für sie ein willkommener Anlass war, die Aktion abzubrechen, vielleicht ins Wohnzimmer wegzulaufen, eine charmante Kurve zu drehen und dann mit ihrem

Thema loszulegen ohne Chance für ihn. Sie konnte so schnell sein.

»Komm«, wiederholte er.

Überall war für Licht gesorgt, er hatte sogar den Strahler aus seinem mobilen Werkzeugset nach unten geschafft. Noch nie war der Heizungskeller so ausgeleuchtet gewesen, zögernd nahm Zara die Stufen. Auch sauber hatte er gemacht, natürlich nur oberflächlich, man hätte Tage für eine Grundreinigung gebraucht, jetzt sah es in etwa so aus wie damals, als sie ihm zeigte, was hier zu tun sein würde.

Wenn sie in letzter Zeit in den Heizungskeller musste, hatte sie das aufgestemmte Mauerstück neben der Treppe ignoriert. Das war Karls Baustelle, jetzt wieder säuberlich zugespachtelt.

Unten hatte er zwei alte Bretter auf hohe Steine gelegt als Unterlage für etwas, das an einen kleinen Altar erinnerte. Oder einen Gabentisch. Darauf postiert ein Schmuckdeckchen, wie man es Weihnachten unterm Baum für die Geschenke ausbreitet.

Und darauf eine schwarze, verkohlte Hand.

Sie schrie leise auf, als sie es sah.

Krassow biss sich auf die Lippen, damit ihm jetzt kein alberner Laut entwich.

Neben der Hand lag noch ein altes, von Staub und Wärme brüchig gewordenes Heft, und nebendran lehnte ein Jagdgewehr.

Der Strahler stand gut, er beleuchtete, aber blendete nicht.

Zara wirkte eine Weile fassungslos. Krassow wagte nicht, sie zu berühren. Blieb dicht bei ihr.

Sie sah weg. Konnte sein, dachte er, dass sie zum ersten Mal Angst vor ihm hatte.

Schreckstarre.

Dann griff sie nach dem schwarzen Ding, ließ es aber gleich wieder los, wickelte sich das Schmuckdeckchen zum Schutz um die eigene Hand und schwenkte dann das tote Gebilde hin und her im Licht.

»Is ja toll«, rief sie, »sowas hab ich noch nie gesehen!«

Vorsichtig bremste Krassow ihre Bewegung.

»Das ist ein Bilderrätsel, stimmts?«, rief Zara und zeigte auf alles, was aufgebaut war, »Installation nennt man sowas, oder? Ein Narrativ!«

Krassow war überrumpelt. Die eigene Vergangenheit hatte seit Wochen versucht, ihn von unten zu packen, gegrübelt hatte er, aufgebrochen, gegraben, sich vorbereitet auf diesen Moment – und jetzt spielte sie hier Kunstgalerie. Was ihm gut tat, er staunte selbst.

»Gewehr, Buch und Kunsthand, Gewaltiges ist passiert«, sagte Zara leise und schaute Krassow jetzt zum ersten Mal direkt in die Augen.

Sein klarer blauer Blick leuchtete. Ihre dunklen Pupillen suchten in ihm.

Er nahm ihr die abgehackte Hand, die er seinerzeit konserviert hatte vielleicht genau für diesen Tag, sachte ab.

»Kunsthand«, artikulierte er deutlich und schüttelte heftig den Kopf.

Nahm einen zweiten Anlauf:

»Kunsthand nicht. Echt.«

Sein Blick rief »Achtung«, dann holte er mit der eigenen Rechten wie zu einer Ohrfeige aus.

»Hand«, wiederholte er.

Zara war erschrocken ausgewichen, ein paar Schritte abseits blieb sie stehen und murmelte: »Ich verstehe.«

Fragend hob Krassow die Arme, er zeigte auf das Heft.

Zara nickte.

»Ich glaube, da ist noch viel mehr«, sagte sie dann, »so lange hast du daran gearbeitet. Das war hier drin versteckt, stimmt's?« Sie zeigte auf die Kellerwand und tippte an seine Brust.

Krassow atmete ein und aus.

»Und die Hand ist nicht Kunst, sondern echt? Abgehackt? Du?«

Er nickte.

»Wer?«, fragte Zara, »Karl. Wer?«

Die Stöhnfolgen, die er absonderte, um den Buchstaben M loszuwerden, klangen wie ein Gebet, und seine verschiedenen Ansätze, darüber hinwegzukommen, waren ein klägliches Lied. Die Frage tat ihr Leid. Karl konnte nicht mehr aufhören. Steckte in einer Schleife. Die Stiche, die ihn manchmal piesackten, spürte er wieder, aber sie passten zum Rhythmus, er sang sie mit.

Zara hielt das nicht aus. Erst verstopfte sie sich die Ohren, dann fiel sie ihm einfach um den Hals. Bedeckte sein Gesicht mit Küssen.

Karl spürte Tränen aufsteigen.

»Aber ...«, sie wechselte schnell zu der kunstbeflissenen Stimme von vorhin, »mit was hast du eigentlich damals die abgehackte Hand haltbar gemacht? Ich hab doch sowas noch nie gesehen ... darf ich nochmal?«

Sie schnappte sich das Exponat und Karl, der es verhindern wollte, schluchzte einmal kurz auf. Das Teil sah in ihrer Hand wie eine missgestaltete Schwalbe aus, die den Abflug aus dem Sommer verpasst hatte. Womit hatte er das tote Fleisch damals fest gemacht? Er trat einen Schritt vor und sagte – das Einfachste von der Welt – schnell und störungsfrei:

»Tierfette, Nadelbaumharz, Bienenwachs.«

Unfassbar viele verschiedene Silben.

Ein Augenblick Staunen.

Ihr Lachen und seins dann – stärker als der Applaus in Stadien.

Sie riefen, lachten und sangen das immerzu: »Tierfette, Nadelbaumharz, Bienenwachs!«

42.

Krassows Heft fasste Zara noch nicht an. Die tote Hand war im Überschwang ihrer Feier verpulvert, Zara sah erstaunt zu, wie die festeren Reste, drei Mittelfinger, von den tanzenden Schuhsohlen ihres Freundes zertreten wurden.

Auch bei ihm kein Bedauern.

Krassow konnte jetzt erstaunlich gut reden, aber nur phasenweise. Einen schrecklichen Unfall musste es mit dem Gewehr gegeben haben, im Heft stünde alles, hatte er schnell und aufgewühlt hingenuschelt.

Als er einen Tag nach der großen Enthüllung, der »Ausstellungseröffnung«, wie Zara es nannte, nicht aufhören mochte zu reden und eine Menge eher unverständliche Sätze hervorbrachte, schlug er selber vor, sich mit ein bisschen Musik ein paar Tage ins eigene Häuschen zurückzuziehen. Die Arbeit ließe er ausfallen, Besinnung täte sicher gut und er würde sich melden, sobald ihm danach war. Jetzt käme ein neuer Abschnitt. Nie habe er sich ihr näher gefühlt.

Sie verschob ihren Verdacht – oder die Gute Hoffnung, sie wusste nicht, wie es nennen – auf später, Krassow war schon genug durcheinander.

Mehrmals wiederholten sie die Abschiedszärtlichkeiten. Zara stellte fest, dass sie erleichtert war, als sie ihn dann wegtrotten sah, ein Beutelchen mit CDs vor sich hinschlenkernd, etwas windschief. Der gesprächige Krassow war gewöhnungsbedürftig. Sie vermisste schon jetzt die beredte Stille zwischen ihnen, das Ausloten von leerem Raum.

»Sprachfreiheit« hatte sie mal zu Sofie gesagt.

Als es still geworden war, las sie das Heft. Wie viele Menschen und Tiere hatten hier einmal gelebt! Wenn sie richtig las, zählte sie fünf Erwachsene, vier Kinder, zwei Pferde, sieben Kühe, ein paar Schweine und zusätzlich Pfauen als pflegeintensive Seltenheit. Die Geräusche, der Lärm. Plötzlich sah sie sich selbst als Speckmade, übertrieben ausgebreitet auf so viel Raum, nicht einmal ein Nutztier. Was für ein Arbeitsrhythmus damals, Pflichten, die morgens um fünf einsetzten und abends um acht nicht zu Ende waren. Karls ungeschönte Sätze führten ohne Anklage in die Umgangsformen der Häuslichkeit. Gewaltattacken. Dieser stotternde Junge konnte so schreiben? Schrieb er heute noch so? Sie hatten es nie probiert, keine Briefe füreinander, immer ganz direkt, nicht mal SMSe.

»Melchow ruft seine Frau vor die Tür, die die Tochter ruft, und die ruft Mutter. Ich sitze oben in der Scheune und schaue unsichtbar zu. Jemand soll ihm erklären, warum das Auto im Hof nicht gewaschen ist. ›Was weißt denn du, blöder Flüchtling‹ knurrt er und weist Mutter an, mich zu rufen. ›Karl hat doch nichts getan‹, wendet sie ein, doch er ist unerbittlich: ›An einem bleibt's hängen. Sei froh, dass du's nicht bist.‹«

Ganz in Bann geschlagen verschlang Zara die Zeilen. Karls Mutter war aus der Neumark nach Grünmantel gekommen. Aber weil es Nachkriegszeit und kein normales Herumwandern eines jungen Menschen war, galt sie als Flüchtling. Ihre Heimatstadt war Luftlinie nur zwanzig Kilometer vom Dorf entfernt und jetzt polnisch geworden, Mieszkowice statt Bärwalde. Auch die Familie Kubrik stammte ursprünglich aus der Gegend und hatte im Nachbarhaus Wohnung gefunden. Da gab es immerhin Verwandte am Ort, während Krassows Mutter den Flüchtling schlechthin darstellte. Typisch, dass so eine sich bald auch ein Balg machen ließ. Karl kannte den Vater nicht, Mutter entzog sich den Fragen. Und alles rundherum in der Nachbarschaft gehörte Balthasar dem Dritten Melchow, Bally genannt, Abkömmling eines alten Grünmantler Geschlechts deutschen Ursprungs – keine slawische Spur, was dem Vater Balthasar Zwo zu Nazizeiten zur Ehre gereicht hatte, so wie dem Großvater Balthasar Eins (»number one, the original«, wie der junge Karl spottete) sein Fährmonopol über den Fluss zu militärischen Ehren im Ersten Weltkrieg.

Die Melchows arrangierten sich immer. Ein Schlag, den es überall gibt, dachte Zara. Fett schwimmt oben.

Bally hatte in den Sechzigern den großen Familienhof nicht wie die anderen Bauern durch Zwangskollektivierung an den Staat verloren, sondern der Genosse Agitator verlieh sein Anwesen sozusagen, und zwar durch Verheiratung einer seiner Töchter mit dem Chef der LPG. Im Tausch erhielt er zwei kleinere Häuschen und Jagdrecht für zwanzig Jahre. Arbeitete als Transportunternehmer, fuhr die Wald- und Tabakarbeiter herum, fand den besten Draht zu den Handelsherren aus dem Westen und arrangierte die Tabakernten des Dorfes. Brauchst du Kredit, frag den Bally. Willst 'ne größere Wohnung, geh nicht zum Amt, geh zu Bally. Herrscher auf seinen Häusern, aus denen Karl in der präzisen, von Hemmung und Aggressivität stachligen Jungenhandschrift kleine Skizzen übermittelte, Bestrafung, Belohnung, Mutproben, verborgene Liebschaft, vergewaltigtes Vertrauen, Mobbing.

Es kommt überall so vor, dachte Zara.

Dann las sie von dem Jagdunfall. Es war Gunther Perl, den der Bally da für ein Reh oder sonstwas gehalten hatte. Mit einer Kugel hatte er ihn im Morgengrauen in den Pilzen getötet und sich selbst der Volkspolizei gestellt. Der Prozess fand in Frankfurt/Oder statt und endete mit Freispruch. Das Dorf war fassungslos. Unheimlich still. Und während Bally den Ort und besonders die Nachbarn nun mit Geld und Gefälligkeiten zu überschütten begann – Karl beschrieb, wie er ungehemmt Gunther Perls Frau und Tochter umwarb –, brach der Text, den Zara atemlos las, mit der Feststellung ab, er, Karl, habe hier im Ort eigentlich keine Freunde, vielleicht liege es daran, dass er manchmal vor Angst oder Freude die Worte nicht fände.

Dann folgten zwei leere Seiten, und auf der dritten – Zara hatte das Heft nur gedankenlos noch einmal vorgeblättert – oben in einer Zeile ein kleines Kreuz, das Datum »17.10.86, 19:37«, und der Vermerk »BM«.

In dem Heft stand ganz sicher nicht alles, was zu dem Jagdgewehr gesagt werden musste. Wahrscheinlich war es die Waffe, mit der der arme Herr Perl erschossen worden war. Und Karl musste Bally Melchow doch wohl tot vor sich gehabt haben, als er ihm die Hand abtrennte.

Der Schritt dazwischen war leicht zu vollziehen, nur beschrieben war er nicht.

Sie musste das abtippen, das Heft löste sich ja beim Lesen schon auf, gleich würde sie anfangen.

Zara begann sich vor dem Wiedersehen mit Karl zu fürchten. Sah plötzlich das Haus, den Garten, den ganzen Ort mit fremden Augen. Wehrte sich dagegen, denn es war doch jetzt ihr Garten. Ihre Heimat. Sah auch Karl anders, den Freund, der ihr etwas offenbart hatte, das eigentlich über die Jahre hin erst allmählich hätte wachsen sollen – etwas, in das man gerät. Die innere Maschinerie eines Menschen, einer anderen Seele.

Er hatte ihr sein Geständnis gemacht.

Wenn man nicht langsam da hingeführt wird, so wie man selbst einen fremden Blick nur vorsichtig auf das Eigene lenkt, dann kann man nicht lieben, was man sieht. Zu viel gleichzeitig und zu schnell. Es prasselt nur so.

So musste sich der junge Karl auch gefühlt haben: dass es nur so prasselte. Mit ihm, um ihn herum, gegen ihn.

Ob sie den gemocht hätte?

Und er sie? Wie war sie in dem Alter überhaupt gewesen?

Jedenfalls kein Hühnchen, das nach der eigenen Psyche scharrt, dachte sie.

Zaras Widerwille gegen das Wühlen in Innereien war stark. Sie fing sofort mit dem Abtippen an. Gar nicht groß nachdenken. Ein schöner gebundener Druck, das konnte sie alles hier zu Haus herstellen, die Geräte waren da.

Sie würde Karl damit überraschen und hoffte, es würde ihn freuen.

Wenn sie fertig war, ehe er sich meldete, dann könnte sie mal bei ihm klopfen ...

43.

»Zurück?« Uli hatte den Kopf durch die offene Tür geschoben und Ibo beim Frühstückmachen betrachtet, mittags im Herbstregen. »Hab nachts Licht gesehn und gedacht, ich schau heut mal rein.«

Ibo lud zum Hinsetzen, goss Kaffee nach, warm mit echter hautiger Milch, sie klaubten Eierschalen, kauten Brotkanten, salzten kräftig nach.

Uli suchte.

»Wieder allein?«

Kein Blumenstrauß mehr, kein violetter Strass, kein rotes Schultertuch.

»Hab Lena in den Moloch gefahren, ja.«

»Große Szene?«

»Sie kommt zurecht, glaub ich. Eigentlich sogar prima.«

Dann erzählte er ein bisschen, nicht alles von der Fahrt, dazu kannten sie sich zu wenig.

Uli grinste, als die Stelle mit der Entführung gestreift wurde, sagte aber nichts dazu. Auch nicht, als Ibo wartete und ihn forschend ansah. Und dann nickte und weiterredete, einverstanden mit dem Schweigen.

»Jetzt also wieder allein«, stellte Uli fest, »soll wohl so sein.«

»Echt allein«, variierte Ibo, es sollte fröhlich klingen, aber die Stimme war heiser.

»Hab große Pläne«, Uli stand auf, »willst' mal sehen?«

Sie gingen die paar Meter zum anderen Grundstück und fuhren im Kastenwagen des Wirts eine Strecke vom Fluss weg die Hügel hoch in den Wald. Ibo war hier manchmal gelaufen, leider nicht sehr aufmerksam, wie er merkte, denn Uli hielt bei einem Gelände, das ihm bisher nie aufgefallen war.

Hinter einem Erdwall ein altes Ausflugslokal, langgestreckter Flachbau mit einer Reihe ovaler Fenster und schrägem Ziegeldach, Austritt auf eine Terrasse, großer Biergarten, Erhöhung für eine betonierte Tanzfläche mittendrin und hintendran eine zweite Erhöhung für eine Balustrade mit Dach für die Band. Am anderen Ende des Areals eine Begrenzung durch sieben berankte Hütten, vermutlich für Nachtschwärmer, die den Weg zurück nicht mehr schafften oder für frisch entstandene Paare, die ihn aufschieben wollten.

»Gute Energie«, lobte Ibo. Gleichzeitig dachte er: großstadtdebil, wie ich rede.

»Ja, die spür ich auch«, nickte Uli. »1877 gebaut, das Prachtstück. Und die Leute, die am Schluss darauf saßen, sind raus, haben nie was gebacken gekriegt. Wenn ich die *Fröhliche Kurve* verkaufe, na ja … Ich hab plötzlich die Mittel, jedenfalls einen Teil davon.«

Er grinste in sich rein.

Ibo dachte an die Entführung.

»Das zu renovieren ist heftig, aber wir hätten Zeit«, sagte Uli.

»Von wem sprichst du?«

Uli hob einen Ast auf, den eine Böe von einer der hohen Linden gerissen hatte, die den Garten umstanden, und kratzte ein paar Ziffern in den Sand.

»Das wär's, was ich hab für den Umbau.«

Ibo betrachtete die Zahl und scharrte mit dem Fuß in der Erde.

»Du hast mich nicht hier hochgekarrt, um mich zum Geschäftspartner zu machen, oder?«, knurrte er.

Uli lachte: »Eigentlich wollte ich Lena fragen. Aber jetzt, wo sie fort ist, bist du ja praktisch die natürliche Fortsetzung …«

Sie grinsten.

»Gehen wir schwimmen?«

»Gleich«, sagte Uli, er drehte Ibo auf das Gelände zu. »Schau's dir nochmal an. Idealer geht nicht. Bis '90 noch in Betrieb, fünf Minuten zum See, Strom und Wasser gelegt, Heizung kaum lädiert, lass hier eine gute Rumbakapelle aufspielen, Menschen speisen, Cocktails kreisen, die Menge tanzt. Nachts springen sie in den Vollmondsee, von dem mir die Hälfte gehört …«

»Solche Orte«, murmelte Ibo, »soll man nicht ändern. Zu schön.«

»Ach Alter«, lachte Uli, »solang du so redest, kommst du noch zu Besuch. Na überleg's dir. Sieben Tage Bedenkzeit. Siebenmal sollst du die Asche sein ...«

Dann schwammen sie. Es regnete leicht.

»... und einmal auch der helle Schein«, sang Ibo.

»Na also, geht doch.«

44.

Auf der Bank, auf der so oft seine Kleider lagen, auf der er sich vom Wind hatte trocknen lassen und sie sich manchmal auch zu zweit vergnügt hatten, Madlen und er, da hockte er heute im Sturm und sah den Sonnenfetzen zu, die über das Wasser rasten, verschwanden, herabfuhren wie Blitze. Mit Schaftstiefeln, die Jacke regenfest und bis oben geschlossen. In der Linken hielt er den Autoschlüssel, den nahm ihm keiner mehr ab. Oben am Weg wartete nicht mehr das gelbe Cabrio, sondern ein Land Rover Defender, armeegrün. Seine abweisende Stärke abgestimmt auf das Lebensgefühl, von dem Benzler neuerdings getragen wurde. Eine der acht Wildgänse, die eben pfeilförmig nach Westen strebten. Nur die Formation fehlte ihm noch.

Benzler hatte geerbt, gekündigt, bereits eine neue Stelle in NRW, und eben hatte er den Kaufvertrag für den halben See unterschrieben. Fünfzehn Hektar Land drum herum obendrauf. Wachthabender Steimel war ihm behilflich gewesen. »Die andern klüngeln auch«, hatten sie sich beim Zuprosten versichert. Ein gutes Pendant zu dem Rauswurf beim Nationalparkverein war er allemal, dieser See.

Und die andere Hälfte wird folgen. »Landgrabbing«, sprach Friedhelm Benzler zufrieden vor sich hin, das war der Trend der Zeit.

Drüben vom anderen Ufer hörte er Stimmen, da schwammen zwei langsam hin und her, erstaunlich bei dem Wetter, unterhielten sich, er schnappte Wortfetzen auf, und einer der beiden, das wusste er, war der Besitzer der anderen Seehälfte. Den würde er kleinkriegen.

Benzler selbst stieg nicht mehr ins Wasser, vielleicht nächstes Jahr, wenn er einen Eintrittsgeldschalter oben an den Weg gestellt hatte mit einem Schüler drin oder Arbeitslosen, der die Tickets verkaufte, abends saubermachte und das Schilf an der Badestelle kurz hielt. Weniger ging es dabei ums Geld als um die Ordnung. Und den Naturschutz natürlich. Vielleicht würde er den See auch einzäunen.

Dann könnte auch Madlen nicht mehr kommen. Noch hoffte er, dass plötzlich ihr Fahrrad auftauchte, auf dem Weg natürlich, nicht im Schilf, und sie unversehrt darauf. Ihr war doch nichts passiert? Er hatte ein paarmal gesimst, keine Antwort.

Diese Leute hatten ihn nicht verdient.

Nicht einmal die eigene Entführung hatte er zur Anzeige gebracht. Weil es ihm peinlich gewesen wäre – schon, die Schwester seiner Ex so bloßzustellen. Kleinlich wäre er sich vorgekommen, er war ihr ja insgeheim dankbar. Innerlich war er schon weg. Der Wagen bis unters Dach voll, startbereit, Vierradantrieb, kraftvoller als das Cabriolet davor.

»Einmal auch der helle Schein ...«, hörte er von drüben. Dann wieder Schnaufen und Schwimmgeräusche. Er hatte nichts mehr zu schaffen mit denen. Hier war er kein Mitbürger mehr, nur mehr der Eigentümer.

Vielleicht würde er demnächst mal die Ukraine bereisen mit seinem Privatpanzer. Die Grünen hatten da jede Menge neue Freunde. »Man muss ooch jönne könne«, hatte Steimel bei ihrem Gelage gesungen.

Wurzeln im trockenen Boden, dachte er, das haben hier Pflanzen wie Menschen. Er hatte ohne das auskommen müssen. Ein Fremder von Beginn an, deshalb so biegsam und leicht überfordert. Daheim nur in den eigenen Plänen, im Raffen, Begehren – und im Gefängnis, wie er seit neuestem wusste, ehrlich erschrocken noch immer.

Seine Schüchternheit nahm ab, wenn er nützlich sein durfte. Dann wuchs er über sich raus, und man fand ihn brillant.

Gebt mir was, dachte er. Irgendwas. Naturschutz. Landgrabbing.

Die Amerikaner verurteilten eine dreißigjährige Kollegin zu zweiundzwanzig Jahren Knast, weil sie Sex gehabt hatte mit siebzehnjährigen Schülern. Das müsste man schaffen, sagte die eine Stimme in ihm. Still, rief die andere, sei bloß still!

45.

Zara bewunderte die Zweimeterdistel am Scheunentor. Die hatte sie gerade mit einer Schnur am Regenrohr abgestützt, damit ein Sturm sie nicht umriss. Wie schnell die geschossen war. Die Wurzel dort, wo's am trockensten war, unter dem Dachfirst und nie gegossen. Trotzdem stärker als vieles, das hier umhegt wurde. Zara hatte gerade zum ersten Mal mit dem stachligen Stock geredet. Hoffte, er würde das nicht aufdringlich finden und sich plötzlich flach auf den Boden werfen vor Überfütterung. »Wachse.«

Selbst so sein, dachte Zara. Sie lächelte im Vorbeigehen über die Verzweigung der Vorbauten, die Karl und sie in diesem Sommer geschaffen hatten – Spielburgen ihrer Verliebtheit.

Ein paar Schritte weiter der Herbstspinat gelang auch. Er investierte seine Energie ganz in die Blätter. Die Generation vor ihm, knapp vor der Sonnenwende in den Boden gebracht, war gleich in Saat geschossen, da wollten die Pflanzen noch unbedingt Samen verstreuen, in der heißen, hellen Zeit waren sie in Panik, ob sie sich noch vermehren konnten. Denen jetzt war die frühe Dunkelheit ganz normal.

Selbst so sein, dachte sie nochmal.

Aber jetzt wollte sie Amaranth poppen. Sie hatte mal in einem Blog gelesen, dass das geht. Eine Tüte mit den kleinen an Hirse erinnernden Samenkörnern vom Garten-Fuchsschwanz, einem Andengewächs, lag bereit. Zara erhitzte einen metallenen Topf – wichtig war, ihn nur so heiß zu machen, dass die Körner nicht anbrannten, anstatt zu poppen. Kein Öl, kein

Wasser zur Milderung, nur der glühende Boden, die Körner rein, sie nahmen die Hitze an, platzten auf und sprangen dann los. Man musste ein Tuch drüberhalten, dass sie nicht wegsprangen, schwach duftete es wie Mais. Dann in ein Schälchen schütten, noch verbrannte man sich die Zunge, wenn man einen feuchten Finger in die Körner tunkte und den abschleckte. Aber bald konnte man das Amaranth-Gepoppte als Streusel nehmen auf dem Brotteig, in die Salatsoße rühren oder pur essen. Besonders lecker, fand sie, war es auf Kaltschale gestreut.

Zara war begeistert. Gleich noch eine Lage, dachte sie und wollte den Topf kurz vom Herd ziehen. Da klingelte es. Jemand Fremdes, denn die paar Freunde klopften oder schauten direkt rein, eigentlich gab es nur ihre zwei, Sofie und Karl. Sie lief aufmachen. Niemand stand vor der Haustür, es klingelte wieder.

»Is offen«, rief sie in den Hof, »nur herein.«

Leise Schritte. Kein Paketbote, es war die alte Frau Perl.

»Riecht ja gut«, sagte die, als sie in die Küche schaute und fächelte sich den Duft mit der Hand zu.

»Ja«, nickte Zara fröhlich, »'ne Art Popcorn. Amaranth nennt sich das.«

»Wat sie allet so zurechtmacht«, sagte Frau Perl. Befremden, das sich mit Bewunderung tarnt. Dann sah sie Zara ernst an.

»Sie muss mal mitkomm'. Zu Krassows Haus.« Frau Perl streckte ihr die Hand entgegen.

Zaras erster Gedanke: Wie blöd, die Abschrift war noch nicht fertig. Stattdessen die Tage angenehm vertan draußen, die Abende mild und ihr Gemüt vielleicht doch zu heiter für die Düsternis der fremden alten Zeit aus dem Heft. Sie hatte das Abtippen irgendwann abgebrochen.

»Karl – also Herr Krassow und ich …«

»Weeß ick schon …«

Frau Perls Hand war wieder hinter dem Rücken.

»Er wollte mal eine Auszeit …« Zara glaubte nicht, dass die Frau mit dem Wort etwas anfangen konnte, aber wie erklären und weshalb überhaupt?

»Da läuft andauernd Musik.« Frau Perls Blick wurde drängend.

»Seit wann?«, fragte Zara vorsichtig.

»Wat weeß ick. Immerzu. Is so janich seine Art.«

Das stimmte, Karl und Musik war komisch. Zara sah ihn wieder so windschief weggehen neulich, das CD-Tütchen in der Hand. Sie hatte das seltsam gefunden, es sei denn, hatte sie gedacht, mit seiner Sprechfähigkeit wären auch andere Schubladen bei ihm wieder entklemmt. Im Gehirnschrank. Wann war das gewesen, vorgestern? Vor drei Tagen.

Immer noch heiter schmeckte sie dem Maisgeschmack auf der Zunge nach und sagte zu Frau Perl: »Also schau'n wir mal. Hoffe, er sagt nachher nicht, dass ich störe.«

Sie trug eine knielange dunkle Stoffhose und ein graues Arbeitshemd, die alte Frau Perl war mit Bluse, Kopftuch und langem Rock ähnlich grau gewandet, und sie beide kamen Zara beim Weg durch den Garten wie aus jener fremden Zeit vor, von der in Karls Heft geschrieben stand. Große und kleine Landarbeiterin. Sie verkniff sich die Fragen nach Bally Melchow und Krassow und seiner Mutter damals, nach den Tieren hier in der Scheune, nach dem Terror, den Vorfällen im Gebüsch. Dem Jagdunfall.

»Hier« – die alte Frau Perl verschwand in einem Durchschlupf am Gartenende, den Zara nie beachtet hatte, im Grenzbereich zwischen ihrem, dem Perlschen und einem dritten Grundstück, auf dem nie jemand zu sehen und das ihr uninteressant erschienen war. Wiese und Dickicht und weit hinten ein kleines Häuschen, kaum sichtbar von ihrer Seite, nur im Winter fiel es manchmal auf durch den Rauch aus dem Schornstein.

Das war Krassows Gehöft, begriff sie jetzt.

Plötzlich aufgeregt.

So nah bei ihrem Haus war sie fremd hier.

Hier wollte er sie nicht haben. Das war sein Reich – aber was für eins. Baumaterial ungeschützt vor Regen neben Werkzeughäufchen, Tonnen und Säcke überquellend von Abfall hinterm Haus. Blitzschnell schossen Zara die Gedanken durch den Kopf. Wie wichtig musste ihm dagegen das andere Leben sein, das sie bot. Wie hatte er bei ihr gearbeitet im letzten halben Jahr. Und hier ein moosbewachsenes Uraltdach, dreckige Vorhänge, Schmutzlappen statt PVC-Belag auf den bröckeligen Stufen zur Eingangstür. Kein einziges Mal hatte er sie um Hilfe gebeten.

Die alte Frau Perl rumorte an der Tür. Und Zara hörte die leise Musik. Musste die Ohren der Nachbarin bewundern, ihr selbst wäre das Kreisen von Bass und Geige und tonhöhenturnender Männerstimme wahrscheinlich entgangen.

Das war Musik aus einem Dorf in den rumänischen Karpaten, in das Zara vor Urzeiten mit Wolf mal gereist war, die hatte Krassow sich rausgepickt. Die CD war nicht richtig in Schuss, manchmal sprang sie unter dem Laserstrahl von Stück zu Stück.

Und jetzt schien sie eins immer zu wiederholen.

»Den janzen Tag«, rief die alte Frau Perl, als sie merkte, wie Zara lauschte. In der Wiederholung wirkte das Lied eindringlicher als in Wirklichkeit.

Aber was ist Wirklichkeit, wenn man mit einem Schwächeanfall am Boden liegt, nirgends hinkrabbeln kann?

Zara gab der Tür einen Tritt. Sie sprang sofort auf.

Frau Perl schlug ihr anerkennend auf die Schulter und strebte voraus. Die Musik war jetzt zimmerlaut.

Es roch.

Eine Katze fauchte weg. Krassow lag halb im Flur. In seinem Wohnzimmer war ein Stuhl umgeknallt, auf den er sich vielleicht geworfen hatte mit einem Stich im Herzen, einer Atemnot, einem Kloß im Hals – was wusste sie. Kam es nicht darauf an, wie lang das jetzt her war? Sie warf sich neben ihn, suchte nach seinem Atem, knetete den fremden Brustkorb, griff seine Hände, legte sich auf ihn, beatmete, küsste – es gab eine leise Regung in seinem Gesicht. Sie hatte doch keine Ahnung von Erster Hilfe.

Frau Perl war pietätvoll nach draußen getreten.

»Bitte«, schrie Zara und richtete sich halb auf, »rufen Sie den Notarzt, die Feuerwehr, los, er lebt doch!«

Sie warf der alten Perl ihr Handy zu, die geschickt damit umging.

Dann machte sie weiter.

Karls Gesicht sah aschfahl aus, aber das Lächeln darin war wie wiedergekommen.

»Hol mich«, dachte sie, stand da drin.

Viel später, als ihr Freund von den Rettungsmenschen behandelt, notdürftig versorgt, mit einer Atemmaske versehen worden war und sie selbst nur die Abläufe störte, schaute sie sich im Zimmer um. Junggesellenwohnlich war es hier. Auf dem Schreibtisch ein Haufen beschriebener Blätter – sie verbat es sich, darin zu lesen. Roch am Holz eines großen, schmucklosen Regals, das von der Tür bis zum Fenster eine Seite des Raumes einnahm. Messgeräte, Radios, Kabel und Kabelrollen, ein paar Bücher auch, trockenes Altpapier, etwas Scharfes wie Cayenne roch sie, dahinter die leisen Spuren von süßen Rosinen, die sie an Karls Körper immer so mochte.

Der CD-Spieler mit eingebautem Lautsprecher stand auf dem Fußboden.

Daneben ein Taschenbuch namens ›Tagebuch des Verführers‹. Das könnten wir doch demnächst mal zusammen lesen, schoss es ihr durch den Kopf.

Da fiel ihr wieder ein, was passiert war.

Auf einem Bord am Fenster hatte Karl das Textbuch der Emmylou Harris-CD abgelegt – angestrichen die Zeile ›I'm hanging in the balance of a perfect finished plan‹.

Da war er aus dem Keller gekommen, und sie hatte selbstversunken getanzt in seinem Kleid, er hatte zugeschaut ...

Ein Feuerwehrmann war plötzlich in der Stube, schrie Zara an: »Sind Sie das – Grundstück am Graben, Melchows Haus?« Sie nickte. »Dann rüber, zack zack! Mann Mann Mann, watt'n Glück...!«

Als sie den glühenden, in alle Richtungen Funken sprühenden Metalltopf sah, den die Männer auf einer

Stange hielten über dem Feuer, das sie gerade erst unter Kontrolle kriegten, schossen ihr die Tränen in die Augen und hörten nicht mehr auf.

46.

»Letztes Mal für dies' Jahr«, seufzte Uli, als sie sich auszogen und nackt durchs Schilf staksten. So unvertraut waren sie sich noch, dass sie nicht gleich schudderten und in Zähneklappern gerieten vor der Wasserkälte. Beherrscht schritten beide ins Tiefe, warfen sich lautlos in Brustlage und kraulten los.

»Ich wär dabei, übrigens«, sagte Ibo ein bisschen atemlos nach hundert Metern, spürbar der weniger trainierte Schwimmer, »30.000 hätt ich, aber in zwei Jahren wären die fällig. Die Auftragslage ist lausig – meine Meditationsdecke hilft mir da auch nicht weiter.«

Er fiel deutlich zurück.

»Langsam, langsam«, rief Uli sich selber zu, drehte bei und legte sich als Toter Mann neben Ibo.

Der ging auch gleich in Rückenlage.

»Klingt schon mal gut. Ich hab ähnlich viel, und ein Paar von der Shilo Ranch wär auch noch dabei.«

»Shilo was?«, fragte Ibo.

»Du kennst hier nüscht, stimmt's«, lachte Uli. »Steht ein Schloss am Oderstrand, war Stasipuff jahrzehntelang«, notreimte er, »jetzt tanzen feine Kerlchen drin und Mädels mit Ballett im Sinn …«

Ibo tauchte und feixte unter Wasser.

»Is 'ne Art Reichenkommune«, erläuterte Uli, als er wieder zum Vorschein kam, »die wären stille Beteiligte. Wir wären die Unternehmer.«

»Für Mambokapelle, Cocktails, wertiges Essen und sieben Kemenaten?«, stellte Ibo aus seiner Erinnerung das Unternehmensziel zusammen.

»Exakt«, bestätigte Uli, »wenn wir noch in der seligen DDR lebten, in der ich das Privileg hatte, als Friedhofsgärtner zu philosophieren, da könnten wir mit circa 100.000 einfach so loslegen. Hätte keinen gekümmert. So haben wir ein paar bürokratische Hürden zu stemmen.«

»Falsches Bild«, korrigierte Ibo und prustete, »ich überspringe die bürokratischen Hürden für uns, du stemmst den Umbau. So wird ein Schuh draus. Und beide angeln wir uns die Kredite. Deal?«

»Aber sowas von!« Uli spritzte eine Fontäne und sie klatschten sich ab. Dann kraulte er drauflos und Ibo plätscherte halbwegs vergnügt hinterher. Was dieses Vorhaben mit ihm machen würde, er hatte keine Ahnung.

Nur, dass es gut war, mal wieder was vorzuhaben.

»Du kennst hier nüscht«, wiederholte Uli von weiter weg, Ibo hob die Arme aus dem Wasser, »die Jazzer nicht in Godesdorf, die Exmediatorin mit ihren 5 Angusrindern am Kanal, das Café ›Hier und Jetzt‹, den tollen neuen Pfarrer – nüscht – nix – niente«...

»Neuer Pfarrer?«

»Komm einfach nächstes Mal, wenn die sich treffen«, lachte Uli und umkreiste Ibo, »mir sind die ooch fremd, aber hier gibt's mehr Nischen, als man glaubt. Du bist ja auch eine«, grinste er und tauchte unter dem anderen durch.

»Ich frag mich, ob ich sowas überhaupt will«, sagte der, aber Uli konnte ihn gerade nicht hören.

»Eins noch«, er war wieder überm Wasser und ganz nah an Ibos Ohr, »das weibliche Element. Auf meiner Seite dabei sein wird Daggi Wiesebau, die dir ja flüchtig bekannt ist. Bei der hab ich einiges gut.« Schon wollte er wieder los.

Aber Ibo hielt ihn am Arm fest. Sehr ernst geworden.

»Da kannst du bei mir mit nichts rechnen«, sagte er. »Wenn du mich in der Richtung unter Druck setzt, dann lassen wir's. Echt. Ein für alle Mal. Dann lassen wir's lieber gleich!«

»Wenn's der Wahrheitsfindung dient…«, knurrte Uli.

Aber Ibo hörte das schon nicht mehr. Er tauchte gerade sehr tief.

47.

Weiter Weg. Wie leicht waren sie ihn neulich gegangen, im Morgengrauen vom Holzstapel ›Am Schienenkreuz‹ nach Haus in ihr Bett, viel zu schmal für sie beide – zum ersten Mal hatte Karl sich dort mit hingelegt, einfach nur, um einzuschlafen und weiter bei ihr zu sein.

Mein schönster Vormittag, dachte Zara.

Gleich musste die Stelle kommen, sie lief schon eine Stunde, und natürlich war sie nicht sicher, ob sie den Weg in entgegengesetzter Richtung überhaupt wiederfand.

War das die Ruine, was sich da am Waldrand abzeichnete?

Sie war zu spät aufgebrochen. Wolkenschichten lagen übereinander, noch war es windstill, ein paar Regentropfen trafen ihren Kopf, was gut tat.

Karl hätte ihr all die Tiere, die ihr begegneten, erklären können. Einfach indem er darauf zeigte. Jetzt fotografierte sie nur. Die kleine, leuchtend grüne Spinne zum Beispiel zwischen zwei Ästen eines Apfelbaums in einem Netz, das mit winzigen Regentropfen behangen war.

Violett eher, gar nicht grün.

Sturmböe plötzlich, gar nicht mehr windstill.

Das Netz schwankte.

Sie saugte konzentriert Zigarettenrauch und entspannte sich. Obwohl ihr danach war, vermied sie es, sich zu setzen. Weder auf die Steine noch auf den hölzernen Zaun.

Der Wind wuchs. Regenspritzer ins Gesicht.

Sie klaubte die Kapuze aus ihrer Jacke und zog sie hoch.

Das Hinsetzen hätte ihr Karl wieder so nah gebracht, wie sie nicht wollte. Sie war es meist gewesen, die Pausen vorschlug. Weniger, weil sie erschöpft war als neugierig auf alles, was kommen würde, wenn sie erst saßen. Was er dann mit seinen Händen tat, das blaue Funkeln der Augen, so komisch, ernst und verrückt.

Solange sie stand, fand sie, blieb sie im Gefühl so allein, wie sie jetzt wirklich war. Denn nichts war entschieden.

Das Krankenhaus schickte sie mit vagen Auskünften nach Hause, vielleicht morgen mehr, vielleicht gar nicht mehr ...

Er war überhaupt nicht der Mann, mit dem man rechnete, von dem man träumt. Keiner für den jugendlichen Stafettenlauf der Sehnsucht, der irgendwann zu Ende geht wie ein Karrieretraum. Davon abgesehen, dass sie sich sowieso allzuviel niemals vorgestellt hatte.

Sich nur zu schade blieb für das Übliche.

Karl war der Mann, der ihr passierte. Besser ließ es sich nicht sagen. So seltsam du aussiehst, so wenig verständlich du dich machen kannst – du riechst gut, du greifst gut an, du bist ein Meister der Pausen.

Passieren hieß aber auch vorbeigehen, das wusste sie. Vielleicht war es jetzt schon vorbei.

»Na und?« Das fiese Teil in ihr fragte das. Aber konnte ihr auch nicht aushelfen gegen die Verlorenheit, die sie krallte in dem aufdröhnenden Sturm, in dem plötzlich rauschenden Regen, der auf die Steine knallte, wahrscheinlich weit weg vom Wanderziel.

Weil sie so ganz auf sich gestellt einfach immer die Orientierung verlor.

Karl hatte sich unauffällig darum gekümmert. Und würde das auch sofort wieder tun, falls er zurückkam.

Sie war unruhig geworden, geschüttelt in sich drin wie von Glaskugeln, die sich aneinander rieben, von denen eine zu viel in ihr steckte. Lief einfach weiter, eilig in der fremden Richtung, während die Vernunftstimme zum Kehrtmachen mahnte und dazu, in dem Prasselregen erst einen Unterschlupf, dann den Heimweg zu suchen.

Blitz, Pause, Donner.

Sie fand, sie musste weiter laufen. Ungeschützt zwar, aber ganz in seinem Geist. So, als wären sie gemeinsam hier. Egal, ob er durchkam oder nicht. Eine Erinnerung sollte er nicht werden, draußen im Leben hatten sie sich doch noch kaum an das Wir gewöhnt, jetzt sollte es hier drinnen schon wieder gelöscht sein, aus solch einem kleinlichen Grund wie dem Selbstschutz?

Blitz, knappe Pause, mehr Donner.

Sie drückte die Müdigkeit weg. Die Nässe im Gesicht und das Flattern der Kapuze im Sturm gaben ihr allmählich einen großen Schwung. Man hatte endlich Widerstand, sie wusste, dass Karl genau wie sie in die elektrische Aufladung reingestürmt wäre, geheult hätte mit dieser kehligen, wenn befreit irre lauten Stimme, gelacht ...

Nur mit ihr war das möglich!

Die Kapuze spannte, zwischen Haar und Stoff klemmte ein Zweig. Sie stoppte abrupt, krümmte sich keuchend.

Blitz Donner Höllenlärm Licht.

Gleißend sah sie den Holzstapel und auf den Stämmen den Schatten des Mannes. Der für sie tanzte. Da lagen auch die zwei Rucksäcke, die sie neulich dabeigehabt hatten.

Ganz deutlich sah sie, wie Karl ihr zuwinkte: »Hol mich!«

Er war hier. Sie waren zusammen.

Bewegungslos blieb sie ein paar Minuten im Regen stehen. Das Gewitter zog in Dunkelheit ab.

Ich hol dich schon, dachte sie.

Dann wanderte sie durch die Pfützen und Rinnsale den Weg zurück in ihr Dorf.

18.

Lief man durch Grünmantel am Gelbe-Säcke-Tag, konnte man glauben, das Dorf würde evakuiert und hinter der nächsten Ecke sammelte sich ein Treck für den Abtransport. Stapel von leicht umhülltem Müll vor den Häusern, Katzen und Füchse hatten die luschig gebundenen Säcke durchstöbert, Kleinkram auf Trottoirs verstreut, die Sonne hatte Gerüche verschärft. Man erwartete, das Müllauto käme früh – oft kam es erst gegen Abend, man wusste nie, wann.

Wenn dann wie heute auch ein Herbststurm pfiff, blieb keine Säcke-Burg heil.

Sofie richtete solch einen Haufen gerade wieder auf, sie stand an der Bushaltestelle gegenüber vom Frischemarkt und beobachtete einen Pulk Leute, die lautstark debattierten. Vergeblich versuchte sie mitzukriegen, worüber. Dunkelrot waren ihre Hände noch vom Auswringen der Holundermaische, gestern nacht hatten sie gemeinsam den Wein angesetzt.

Sie wusste, dass die letzten ungebundenen Wochen mit ihrer Freundin angebrochen waren. Jetzt, wo sich abzeichnete, dass Karl Krassow den Schlaganfall mit viel Reha-Geduld überstehen würde.

Sie war viel öfter hier draußen als früher.

»Brauchse nich, mach ick schon« – die freundlich schnaufende Cindy Melchow hatte sich zwischen Sofie und die Müllplaste geschoben, die sie erstaunlich behende zurückstapelte. »Wollt' nur helfen«, lächelte Sofie.

»Schon klar.« Cindy walkte über die Straße dem Debattierpulk zu.

Dann kam der Bus.

Zara sprang vorne raus, umarmte die Freundin, hakte sich ein: » »Wir haben richtig lange gesprochen! Es ist so, als wär bei ihm eine Ader geplatzt, jetzt im Guten ... er stottert nicht mehr.«

Begeistert klangen ihre Worte und gleichzeitig ein bisschen klamm.

»Zwei Monate Training, das mindestens – aber es bleibt nichts zurück. Sagen die.«

»Die haben Erfahrung. Glaub ihnen.«

Sofie lenkte sie beide über die Straße, wo an den Flaschencontainern die Cindy-Kugel gutgelaunt bei einem Paar stand, der junge Mann balancierte sein bandagiertes Bein mit einer Krücke und warf Flasche nach Flasche in den Buntglastrichter. Alle drei lachten.

»Den hab ich schon öfter gesehen«, zeigte Sofie, »sah vor'n paar Wochen noch horrorartig aus.«

»Opfer vom rechten Mob, sagt die Rogacki.« Zara genoss es, auf Sofies Erschrecken so eingeweiht und gelassen zu reagieren.

Die Freundin zog ein halb geknülltes Papier aus der Jacke. »Hier. Lag in dem Haufen Entsorgtes, das du von deinem Karl rübergeholt hast. Solltest du besser nicht wegwerfen.«

Auf dem Blatt stand ganz oben Zaras Name. Dann ein Passus, wenn von seinen Gütern überhaupt etwas übrig bliebe nach Begleichung der Außenstände, und wenn seine Lebensbegleiterin Frau Zara Mengeleng sich zu dem Zeitpunkt in guter Hoffnung befände, was er, Herr Karl Krassow, vermute, so sei sie, wenn sie das antreten wolle, im Fall seines Ablebens die Erbin.

»Sowas hat er mir heute auch angetragen«, eine leichte Unsicherheit bremste Zara, »aber das große ›Wenn‹ steht natürlich davor ...«

»Und?«

Sie senkte den Kopf und schwieg.

Dann kam übermütig: » Außerdem lebt ja Karl. Gibt nichts zu erben!«

Sie zerknüllte das Blatt und verlor es.

Sein Heft hatte sie gründlicher entsorgt – sicher war sicher und Mord nie verjährt. Sie hatte überhaupt neuerdings eine Tendenz, wenig Spuren zurückzulassen. Nach vorn zu schauen.

Sie waren andere, Zara und Karl, wenn er irgendwann zurückkam.

49.

Die Bö über dem Dorfplatz fegt eiskalt herab. Unwillkürlich schaut man hoch, als wäre etwas geworfen worden. Unwillkürlich rückt man enger zusammen. Aber der Luftstrom, der folgt, schnell und entschlossen, bringt eine plötzliche Wärme, körnig und sommerlich, und ein frohes hartes Licht. Alle Farben wirken doppelt tief. Spätherbsthochsommer. Ein paarmal im Leben hat es sowas gegeben, wissen die Ältesten. Ein paarmal schon stand man so klar voreinander. Das Treiben auf dem Platz für sie alle, die daran teilnehmen, wie durch ein Fenster gesehen. Und gleichzeitig mittendrin.

Heftig diskutiert seit einer Weile der Pulk vor dem Frischemarkt über zwei Themen. Erstens über die

»Post vom Amt«. Alle Hausbesitzer Grünmantels sollen siebentausend Euro Baukostenzuschuss extra zahlen. Und zwar für die kurz nach der Wende, also vor über zwanzig Jahren erfolgte Kanalisierung des Ortes. Als Rechtsgrundlage hat der Wasserversorger seine Satzung einfach rückwirkend geändert. Und zweitens geht das Gerücht um, die ehemalige Schule werde bald ein Asylbewerberheim sein für 80 Flüchtlinge, später sogar mehr.

Draußen segelt eine Wolke in Gestalt einer Löwin vorbei.

»Uns rauben sie aus, für die Neger jibts jede Knete der Welt«, erklärt Küster Großer, der sich dabei hastig umschaut, ob sein Arbeitgeber, der neue Pfarrer, nicht doch in Hörweite ist.

»So isset! Brandbomben!« ruft jede Silbe ausstoßend der Fahrer des ›Todesstrafe-für-Kinderschänder‹ – Fahrzeugs. Achselzuckenden Beifall bekommt er von mehreren, aber Lieselott Kubrik, mit Marlies im Eingang zum Getränkemarkt, vertritt ihm den Weg.

Lieselott trägt neuerdings hellrot gefärbtes Kurzhaar und einen winzigen Schmuckstein im linken Nasenflügel. Wie gut ihr das steht, hat ihr nicht nur ihr Mitbewohnerinnen-Pärchen, sondern das halbe Dorf schon bestätigt.

Die andere Hälfte vermeidet das Gespräch mit ihr.

»Glaubst du, die Wasserzecken würden ohne Asylanten einen Cent weniger wollen«, ruft Theurich, »wie blöd kann man sein?«

»Die Wasserzecken gehören boykottiert, damit gehts schon mal los!« Am Container schwenkt Rolle im Spaß seine Krücke, und sein Vater streckt zustimmend eine Faust zum Himmel. »Bierchen?«, fragt Rolle, aber Fritz Theurich öffnet die Faust und lässt etwas Unsichtbares daraus fallen.

»Brand-bom-ben«, wiederholt mehrmals der Kinderschänder-Mann. Wie ein Einpeitscher läuft er vor den Umstehenden auf und ab.

»Hör zu«, Marlies berührt ihn leicht am Ärmel und man spürt, wie lang sie sich kennen, »Blödhetze läuft hier nich' so.«

Er schaut an ihr runter: »Was willste? Ich wart' auf Eisbein. Der Eisbeinmann sollte kommen, gestern schon, heut' isser wieder nich' da. Aus kei'm andern Grund bin ich hier!«

»Das mit der Schule steht doch überhaupt noch nicht fest«, mischt sich Lieselott ein, »warum tun wir nichts gegen's Wasserwerk? Das ist die echte Bürgerberaubung!«

Die Löwin am Himmel streckt ihre Mähne dem Wind entgegen.

»Wir werden ja sonst arm«, ruft Lieselott.

»Das genau wollen die.« Cindy sagt das so weg, zwischen Rolle und seinem Vater hin und her schauend, leise und überrascht zu sich selbst. Ein paar Umstehende nicken zögernd.

»So geht's den Griechen seit Jahren«, knurrt Theurich. Das Nicken wird noch knapper. Theurich schielt auf das Bier seines Sprösslings. Der Kinderschänder-Mann ist in Verlegenheit geraten, als denke er über einen neuen Befehl nach, so steht er da.

»Wenn die Schule zum Asy-Heim wird«, erklärt Küster Großer, »dann gehts hier aber ab, dann endlich ... Freital sach ick nur ...« Hilfesuchend guckt er zum

Todesstrafen-Fan, der aber den Befehl noch nicht empfangen hat.

»Die Rechten hier werden ein Weilchen still sein«, wendet die junge Frau neben Rolle ein, der sie zwar am Ausplaudern hindern will, aber sie schubst sich frei. »Er hier«, sie zeigt auf ihren Freund, »war ja auch dabei. Wär von denen fast hopps genommen worden. Jetzt hat man den Scharführer Kantack gefunden – erhängt im Wald.«

»Madlen, bitte, doch jetzt nicht hier ...«

»War es Selbstmord?«, fragt Lieselott.

»Sollt' so aussehen«, nickt Madlen, »aber besser, man bohrt nicht nach. Heißt zwar, es wird untersucht. Aber verborgen für uns normales Volk. In den Zeitungen stand erst nüscht. Dann, dass die Akten im Reißwolf sind.«

»Deckel drauf«, ergänzt Cindy.

»Also arm und dumm«, fasst Theurich zusammen. Und alle verstehen, was er meint, nämlich sie, die hier rumstehen und reden und alle nicht wissen, was kommen wird. So sollen sie möglichst sein: Arm und dumm. Sogar Küster Großer versteht das.

Eine Weile schweigt man.

Im Hintergrund Wortfetzen von jemand im Getränkeshop:

»Dann hat er gesagt, ich mach Urlaub jetze, drei Wochen. Und ich frag: Wovon? Und er: Auf Kredit. Kriegste nachgeschmissen momentan, so'n Kredit. Also für mich wär das nüscht.«

»Der wirds weit bringen«, hört man Marlies Rogacki antworten. Sie schließt die Kasse, tritt aus der Tür und strafft die Schultern. »Mein Vorschlag«, ruft sie mit festem Blick in das momentane Schweigen, »wir geben die alte Schule für die Flüchtlinge her. So freiwillig hat das noch keiner gemacht. Platz genug ha'm wir. Wir sagen: Kommt!«

Man sieht, wie sie sich wappnet gegen wütende Widerworte, aber die Resonanz ist anders, man wiegt die Köpfe.

Madlen wird es eng zwischen Vater und Sohn, und Rolle, der spürt, wie es sie in die Kreismitte treibt, hält ihren Arm fest, doch schubsend befreit sie sich erneut und tritt vor:

»Hier, noch was Bess'res! Wir schreiben der Wassermafia zurück, wenn wir das wirklich zahlen müssen, spenden wir lieber jeder Siebentausend für's Asylantenheim, das wir hier freiwillig aufbauen!«

Keine Sprachlosigkeit zwischen den Anwesenden – was passiert, kann man eher ein gemeinsames, widerstrebendes Nachdenken nennen. Hin und her geht es, während oben im Blauen die Löwinnenwolke zerfleddert in buschigweiße, treibende Inselchen, die vom Warmen ins Kalte gleiten und wieder zurück. Wie der Platz hier unten von wärmenden und frierenden, federnden und drückenden Gedanken bewegt wird.

»Wer hat denn von uns so viel Geld?«, rufen Großer und Theurich unisono und kriegen dadurch Lust, ihrem alten Spruch hinterherzujagen, der jetzt wie eine zweite Frage klingt: »Mach es, um zu wissen wie es ist ...«

»Andere haben umso mehr«, sagt Cindy.

»Gibt es vielleicht die Power, von uns aus zu bestimmen: Wer hat, der zahlt ...?« Madlen überlegt das so leise, dass diejenigen gar nicht protestieren müssen, die gemeint sein könnten.

Normalerweise setzt nämlich immer an diesem Punkt der Gedankenkette das Geschrei von solchen Leuten wie dem Kinderschänder-Hetzer ein: ›Das sind Fremde. Die wollen unsres. Haus, Geld, Frau. Weg damit!‹ Damit niemand die Kette weiterziehen würde zu den Superreichen, die verdammt viel zu geben hätten und es müssten, damit alle hier Chancen kriegen – egal, wie viele noch kommen. Jetzt bleibt von der Ablenkungsparole nur dieses ›weg damit‹ übrig – und die halb Armen, halb Begüterten im Kreis, die sich sonst an die Krakehler klammern würden und sagen: ›So viel hab ich ja gar nicht, um noch auszuhelfen, ich hab ja die schlechte Welt nicht erfunden‹, die denken diesmal seltsam übereinstimmend: ›Weg mit diesem angesparten Geld, das eh keinen Zins mehr bringt, weg damit und zwar für den Guten Zweck!‹

Ibo zum Beispiel denkt das, als er mit Uli zusammen den Platz erreicht. Uli denkt das auch, verpflichtet sich aber im kurzen Selbstgespräch, den eigenen Plan mit dem Tanzlokal nicht gleich etwas Neuem, Kollektiveren zu opfern.

Ein hochgewachsener Mann steht plötzlich neben ihnen. »Ein Flüchtlingsheim im Ort, und zwar eins, das wir mit den Flüchtlingen gemeinsam erst aufbauen, das ist wirklich ein Guter Zweck«, sagt er – der neue Pfarrer, wie Uli seinem Freund leise erklärt. »Saujuter Plan soja«, ergänzt Frank Morgentau von der Agrargenossenschaft, »wir bring' hundert Flüchtlinge erstma privat unta, ick zum Bleistift nehm fünf davon, und die

Kirche verjibt ditt Treuhandkonto, und mit dem, was sich sammelt da, bau'n wa jemeinsam ditt Räfjudschl-Haus ...«

»Und nach und nach ziehen die Flüchtlinge dort ein, haben Arbeit am Bau oder bei euch in den Ställen, und vor allem schicken sie ihre Kinder zur Schule, die wir wieder öffnen dürfen, weil die Jugend endlich wieder wächst ...«, ergänzt der Pfarrer, und als Unruhe aufkommt: »Ich lade für Sonntag in den Kindergarten, da besprechen wir den Rest.«

Eine seltene Heiterkeit liegt über dem Platz. So einfach alles. Man hat keinen Beschluss gefasst, aber sammelt sich wie zu einem Treck ins Fremde – und fühlt sich für den Augenblick trotzdem ein bisschen mehr zu Haus als sonst. Im Blauen oben die Wolkeninseln sind aufgelöst, es kommt nun wieder kühl vom Himmel, wie eine Nüchternheit, doch noch hat sie die Anwesenden nicht ganz erreicht, noch strömt auch Sommerwärme über sie.

Der Kinderschänder-Typ verzieht sich mit Küster Großer ins Parolen-Auto, ›Zillertaler Türkenjäger‹ hören, Scheiben runter und volle Pulle. Aber da biegt um die Ecke das Müllauto und lässt die Gelbe-Säcke-Haufen in seinen stinkendschwarzen Schlund verschwinden. Das macht viel mehr Getöse.

»Wir sind doch alle Flüchtlinge«, ruft Fritz Theurich mit einer Geste zum Fluss hin, »wir Eltern, Ahnen, rundherum gekommen ...«

»... und ab nach Haus«, nickt Rolle freundschaftlich dem Vater zu.

»Bin ja gespannt auf heut abend«, sagt Uli zu Ibo, der ihn verständnislos anschaut.

Sofie und Zara schlendern vorbei. Man stellt sich gegenseitig vor und ist ein bisschen verlegen.

Ein paar Wildgänse kreuzen.

»Was 'ne Stille nach der Aufregung. Schreit nach 'nem Spaziergang am Deich.«

»Musst du denn nichts proben?« fragt Uli.

Ibo versteht wieder nicht. Uli deutet auf ein Plakat am Frischemarkt: ›Bunter Abend Ibo John‹, sein Foto drauf, 18.10., heute also, 19 Uhr Museum.

»Das hab ich völlig verschwitzt – na wird schon werden.«

Genau das hab ich schon einmal gedacht, denkt Ibo.

War nicht gut gegangen damals.

Doch – es war eigentlich alles richtig gewesen.

Er schaut auf die dunkel gefärbten Hände der Frauen.

»Kommt ihr beiden denn?«, fragt er.

»Ich bestimmt«, sagt Sofie.

»Und wir auch.«

Eine Formation Wildgänse fliegt aufgeregt schnatternd über den Grenzfluss.

Die Grünmantler

Zara Mengeleng – Universitätsangestellte in ihren Dreißigern, arbeitslos von Berlin nach Grünmantel gezogen, hat vor sieben Jahren das Haus der Melchows mit ihrem Lebensgefährten gekauft, lebt jetzt dort allein.

Karl Krassow – Rundum-Handwerker mit Sprachhemmung, Ende fünfzig, bewirbt sich um die Arbeit bei Zara, denn ein Kellergeheimnis zieht ihn in das alte Haus

Ibo John – Texter und Bühnenkünstler, lebt seit zweieinhalb Jahren in Grünmantel, arbeitete vorher in Berlin für die Fernsehserie »Straßen ins Nirgendwo«.

Friedhelm Benzler – Im Dorf umstrittener Westler aus Düsseldorf, Ex-Schuldirektor und Vorstand des Nationalparkvereins sowie Vorsitzender im Kulturvereins, wird aufgrund seiner Beziehungen zu Kindfrauen als »Pädo« bezeichnet, Opfer der Racheakte seiner Exfrau Lena und deren Schwester Dagmar und Lieblingsfeind der örtlichen Faschos.

Dagmar Wiesebau – Sekretärin der Grünmantler Agrargenossenschaft, plant die Entführung Benzlers und benutzt dazu ihren Geliebten, den 15-jährigen Rolle.

Lena Wiesebau – 14 Jahre ältere Schwester von Dagmar, »die schöne Wilde«, Exfrau von Benzler, liiert sich mit Ibo.

Lieselott Kubrik – Verrentete Leiterin des Kindergartens und Mitglied im Kulturverein, wird allmählich unzufrieden mit ihrer Ehe.

Josef Kubrik oder »der alte Kubrik« – Tischler und Frauenschwarm alter Schule, ist in Lenas Intrigen eingespannt und muss einen Lebenswandel aushalten.

Rolle Theurich – 15-jähriger Sohn des Tischlers und Saufbruders gleichen Nachnamens, lernt Automechaniker und ist Mitglied der rechten »Kameradschaft«.

Theurich – Ehemals Tischler, Vater von Rolle, Saufbruder von Großer.

Küster Großer – Saufbruder von Theurich.

Kantack – Scharführer aus Schwedt, Anführer der »Kameradschaft« und in einer Doppelrolle in Berlin tätig.

Frank Morgentau – Chef der Agrargenossenschaft.

Uli – Wirt der Dorfrandkneipe und Ibos Nachbar.

Corinna – Exfreundin von Ibo, lebt als Dermatologin in Berlin.

Wolf – Exfreund von Zara, Steuerberater, kaufte mit ihr das Haus der Melchows.

Madlen – Lernt wie Rolle Automechanikerin und ist im gleichen Alter, anfangs die Geliebte von Benzler.

Frau Perl – Zaras Nachbarin.

Hanne Perl – Frau Perls Tochter, ist mit Ende vierzig die Jüngste im Kulturverein, liiert mit Sylvie Morgentau.

Sylvie Morgentau – Schwester von Agrarchef Frank und liiert mit Hanne Perl.

Marlies Rogacki – Arbeitet im Getränkeshop, beste Freundin von Lieselott Kubrik.

Sofie – Letzte Berliner Freundin von Zara, oft in Grünmantel zu Besuch.

Steimel – Rheinischer Polizist in brandenburgischer Diaspora.

Cindy Melchow – Freundin von Madlen, mit 14 schwanger geworden.

Sabine Melchow – Freundin von Karl Krassow aus Kindheitstagen, hat den Familiensitz an Zara verkauft, zieht das Kind ihrer Tochter Cindy auf.

Bally Melchow † oder »der Dritte«/»der alte Melchow«, Abkömmling eines alten Grünmantler Geschlechts, der zu Lebzeiten großen Einfluss im Dorf genoss.

Nachbemerkung

Diese Geschichte wurde zwischen 2013 und 2015 aufgeschrieben. Im Jahr 2016 folgte eine korrigierte Fassung. Dafür danke ich ganz herzlich Wend Kässens in Hamburg, besonders aber Kristjane Maurenbrecher, die das Manuskript mit mir Satz für Satz durchging.

Auch bedanke ich mich für Anmerkungen, Aufforderungen und Ermutigung durch die Mitglieder vom Salon Böhle in Tegelort.

Grünmantel ist ein ausgedachter Ort nördlich von Berlin. Alle Handlungen fanden dort und nirgendwo sonst so statt wie geschildert. Ich bin aber froh über die zahllosen Anregungen, die das echte Leben mir gegeben hat.

MM, Januar 2019